Bi

W9-CHV-074

FANTASÍA MEDITERRÁNEA
Julia James

Editado por Harlequin Ibérica.
Una división de HarperCollins Ibérica, S.A.
Núñez de Balboa, 56
28001 Madrid

© 2019 Julia James
© 2019 Harlequin Ibérica, una división de HarperCollins Ibérica, S.A.
Fantasía mediterránea, n.º 2727 - 18.9.19
Título original: Billionaire's Mediterranean Proposal
Publicada originalmente por Harlequin Enterprises, Ltd.

I.S.B.N.: 978-84-1328-134-6
Depósito legal: M-26406-2019
Impreso en España por: BLACK PRINT
Fecha impresion para Argentina: 16.3.20
Distribuidor exclusivo para España: LOGISTA
Distribuidor para México: Distibuidora Intermex, S.A. de C.V. Distribuidores para Argentina: Interior, DGP, S.A. Alvarado 2118.
Cap. Fed./Buenos Aires y Gran Buenos Aires, VACCARO HNOS.

MIXTO
Papel procedente de fuentes responsables
FSC® C108412
www.fsc.org

Este libro ha sido impreso con papel procedente de fuentes certificadas según el estándar FSC, para asegurar una gestión responsable de los bosques.

Capítulo 1

TARA desfilaba por el suntuoso salón junto con el resto de las modelos recién llegadas de la pasarela, luciendo los elegantes vestidos de alta costura. El propósito era mostrarlos en un pase privado a las ricas clientes del diseñador, reunidas en un prestigioso hotel londinense.

Cuando pasó frente al opulento bufé su estómago protestó, pero no hizo caso. Le gustase o no, y no le gustaba, ser modelo exigía restringir calorías para mantenerse delgada. Volver a comer de forma normal sería una de las grandes ventajas de dejar su carrera y, por fin, mudarse al campo como deseaba hacer.

Y el sueño de escapar se acercaba cada vez más. Escapar a la casita de Dorset con rosas sobre la verja de entrada, la casa que había sido de sus abuelos y ahora, tras su muerte, le pertenecía a ella.

Ese había sido su único hogar. Con sus padres en el ejército, destinados fuera del país, y ella en un internado desde los ocho años, habían sido sus abuelos quienes le habían dado el hogar y la estabilidad que sus padres no podían darle. Ahora, decidida a convertir la casa en su propio hogar, se había gastado todo lo que tenía en las necesarias reformas, desde reparar el tejado a cambiar las cañerías. Y ya casi estaba hecho. Solo faltaba cambiar la cocina y el baño y podría mudarse. Necesitaba diez mil libras, por eso aceptaba todos los trabajos que le ofrecían, incluido el de aquella noche, guardando cada céntimo para las reformas. Y estaba deseando que llegase el día.

La ilusión de ser modelo se había marchitado mucho tiempo atrás y ahora su trabajo le parecía agotador y tedioso. Además, no le gustaba estar exhibiéndose constantemente, atrayendo indeseadas miradas masculinas.

Como la de Jules.

Tara intentó no pensar en ello. Eso había sido mucho tiempo atrás y ya lo había superado. Entonces era joven e ingenua y había creído que le importaba de verdad, cuando en realidad solo había sido un trofeo para impresionar a sus amigos. Ella no quería ser un trofeo para nadie y esa dura lección la había hecho algo cínica con los hombres. Desde entonces, su indiferencia solía desanimarlos, por guapa que fuese, y en realidad lo agradecía. Tal vez había heredado la rigidez de sus padres. Ellos siempre le habían enseñado a defenderse por sí misma, a no acobardarse o dejarse impresionar por nadie.

Desde luego, no iba a dejarse impresionar por la gente que se había reunido allí esa noche, tomando champán y comprando vestidos de alta costura que valían una fortuna. Eran ricos, pero no eran mejores que ella en ningún sentido y no iba a permitir que la tratasen como si fuera una simple percha.

Con la cabeza alta, el rostro serio, siguió desfilando de un lado a otro del salón. El pase terminaría pronto y entonces podría irse a casa.

Marc Derenz tomó un trago de champán, intentando responder amablemente a lo que Hans Neuberger le decía. Estaba de mal humor, pero no quería que Hans lo supiera.

Viejo amigo de su familia, Hans había estado a su lado tras la muerte de sus padres en un accidente de helicóptero, cuando él tenía poco más de veinte años. Había sido Hans quien le enseñó a dominar una herencia tan formidable siendo tan joven, gracias a su experiencia como propietario de una empresa de ingeniería alemana. Lo había acogido bajo su ala y eso era algo que Marc no olvidaría nunca. Sentía un lazo de lealtad hacia Hans que era raro en su vida desde que perdió a sus padres.

Pero era esa lealtad lo que estaba causándole tantos problemas. Dieciocho meses antes, Hans, que acababa de enviudar, se había dejado engatusar por una mujer a la que Marc creía una buscavidas. Y algo peor.

Después de haber enganchado a Hans, Celine Neuberger, que estaba allí esa noche para aumentar su enorme colección de vestidos de alta costura, no se molestaba en esconder que encontraba a su rico marido aburrido y poco interesante. Y tampoco se molestaba en esconder que pensaba todo lo contrario de él.

Los ojos de Celine estaban clavados en él en ese momento y, aunque Marc no le hacía caso, eso no parecía disuadirla. Si fuera otra persona le habría dicho con toda claridad que lo dejase en paz. Había aprendido a ser implacable desde muy pequeño, primero como heredero del banco Derenz y luego tras la muerte de sus padres.

Las mujeres siempre habían estado interesadas en él, o más bien en su dinero y en la posibilidad de convertirse en la señora de Marc Derenz. Algún día sentaría la cabeza, cuando llegase el momento de casarse y formar una familia, pero sería alguien de su mismo estatus social.

Su madre había sido una rica heredera, pero incluso para meras aventuras su padre le había advertido que era mejor no tener una relación con nadie que no formase parte de su mundo. Era más seguro de ese modo.

Marc sabía que tenía razón, y solo una vez había cometido el error de ignorar sus consejos.

Pero eso era algo que no quería recordar porque entonces era muy joven y confiado y había pagado muy cara esa confianza.

La voz de Celine empeoró su mal humor.

–Marc, ¿te he dicho que Hans ha prometido comprar una villa en la Costa Azul? Y se me ha ocurrido una idea estupenda. Podríamos ir a buscar casas desde tu preciosa villa en Cap Pierre. Venga, di que sí.

Marc quería decir que no, pero Celine lo había puesto en un aprieto. Cuando sus padres vivían, Hans y su primera esposa se alojaban a menudo en la casa de Cap Pierre. Él jugaba con el hijo de Hans, Bernhardt, nadando en la piscina o en la rocosa playa de Cap Pierre. Buenos recuerdos…

Sintiendo una punzada de nostalgia por esos días alegres, y esbozando una sonrisa de resignación, Marc dijo lo único que podía decir:

–*Bien sûr*. Sería estupendo.

No era «estupendo» soportar a Celine poniéndole ojitos, pero intentó mostrar un entusiasmo que no sentía en absoluto.

Satisfecha, ella se volvió hacia su marido.

–Cariño, no tienes que quedarte si no quieres. Marc puede llevarme de vuelta al hotel cuando termine el desfile.

Hans se volvió hacia Marc con expresión agradecida.

–Me harías un favor. Tengo que llamar a Bernhardt para hablar de la próxima reunión del consejo de administración.

De nuevo, Marc no podía objetar sin darle una explicación y, como había temido, en cuanto Hans se marchó Celine puso una mano de largas uñas rojas sobre la manga de su esmoquin.

–¿Qué vestido me quedaría mejor? –le preguntó, señalando a las modelos.

Marc, que no estaba dispuesto a darle la menor oportunidad de persistir, miró a la modelo más cercana.

Pero, al hacerlo, se olvidó de Celine. Durante el pase de modelos no había prestado demasiada atención al interminable desfile de bellezas, pero al ver a aquella chica de cerca se quedó… conmocionado.

Era alta y delgadísima como todas las demás, pero no se parecía a ninguna. Su pelo castaño, largo, estaba sujeto en un moño alto que dejaba al descubierto un cuello largo y elegante. Y ese perfil... Marc no podía apartar la mirada del hermoso rostro de pómulos altos, los ojos de color verde mar y esos labios tan jugosos. Tenía una expresión seria e indiferente, como todas las demás modelos, pero su antena masculina reaccionó de inmediato. Era una belleza increíble.

Sin pensar, levantó una mano para llamarla. Por un segundo, pensó que ella no lo había visto porque seguía desfilando como el resto de las modelos. Luego, haciendo una mueca, se dirigió hacia él.

Era asombrosa. Claro que era modelo y eso la hacía intocable porque las modelos no solían pertenecer al mundo de los más privilegiados, pero aquella chica...

Fuera quien fuera, estaba haciendo imposible que recordase sus propias reglas.

Dieu, era fabulosa. Y ahora que estaba frente a él, apenas a un metro, Marc la miró de arriba abajo, atónito. Pero entonces vio un brillo de ira en sus ojos, como si le molestase el escrutinio.

¿Por qué? Era modelo, le pagaban para lucir caros y preciosos vestidos. Claro que podría llevar un saco y estaría igualmente guapa. Era su asombrosa belleza lo que llamaba su atención, no el vestido.

Pero daba igual lo guapa que fuese. No la había llamado para charlar con ella sino para mostrarle el vestido a Celine y marcharse de allí cuanto antes.

—¿Qué tal este?

Cuanto antes pudiera hacer que se gastase el dinero de Hans en ese vestido, o en cualquier otro, antes podría volver a su hotel y, por fin, despedirse de ella.

Miró de nuevo a la modelo. El vestido que llevaba era de color uva oscura y la seda parecía acariciar sus pechos altos y firmes, cayendo luego hasta el suelo como una túnica.

De nuevo, experimentó esa extraña reacción ante la espectacular belleza. De nuevo, intentó controlarse y fracasó.

—No sé, el color es demasiado oscuro para mí. No, este no —dijo Celine, despidiendo a la modelo con un gesto.

—Por favor, date la vuelta —le indicó Marc, sin embargo.

El vestido era una obra maestra, como lo era su elegante espalda y el soberbio brillo de su pálida piel. Pero cuando se dio la vuelta, en el rostro de la modelo vio una expresión de evidente hostilidad.

Marc torció el gesto. No estaba acostumbrado a esa reacción. En su experiencia, las mujeres querían atraer su atención, no apartarlo de su lado. Y, sin ser vanidoso, sabía que no era solo su dinero lo que las atraía. La naturaleza le había dotado de algo que el dinero no podía comprar: metro noventa y un aspecto físico que solía tener un poderoso impacto en las mujeres.

Pero no en aquella, que lo miraba con expresión indiferente. Aunque, durante una fracción de segundo, creyó ver algo detrás de esa máscara profesional. Algo que no era tan desfavorable.

—Marc, cariño, no me gusta.

Celine le hizo un gesto a la modelo para que siguiese desfilando y ella dio media vuelta a toda prisa.

Una pena que fuese modelo, pensó Marc. Aunque su belleza hubiera sido capaz de disipar su mal humor por tener que acompañar a la adúltera esposa de Hans, la guapísima modelo no era una mujer con la que pudiese tener una aventura.

«No pertenece a tu mundo, olvídate».

Pero dos palabras daban vueltas en su cabeza.

«Una pena».

Tara se dirigió hacia el otro lado del salón. Tenía el corazón acelerado y no sabía por qué. Experimentaba dos emociones abrumadoras. La primera, instintiva, había aparecido en cuanto vio al hombre que la llamaba. No lo había visto durante el desfile en la pasarela, pero ella nunca miraba al público. Pero si lo hubiera visto, lo recordaría.

Ningún hombre la había impresionado de forma tan instantánea. Era alto, moreno e increíblemente atractivo. Pelo muy corto, facciones muy masculinas, nariz recta, mentón fuerte. Y unos ojos que podrían derretir un bloque de hielo.

O que podían clavarse en ella y provocar algo parecido a una descarga eléctrica.

Pero una emoción totalmente opuesta interrumpió esa descarga. Había chascado los dedos para llamarla e inspeccionarla de cerca. Bueno, en realidad no había chascado los dedos, pero ese gesto imperioso había sido igualmente desagradable. Tan desagradable como su descarada inspección.

Y no estaba interesado en el vestido.

¿Pero qué le importaba aquel hombre? La rubia con la que iba la había tratado con el mismo desdén y le daba igual. ¿Entonces por qué le molestaba que él lo hiciese? ¿Y qué importaba que fuese tan atractivo? La rubia y él pertenecían a un mundo que ella solo veía desde fuera.

Sacudiendo la cabeza, siguió desfilando de un lado a otro con el resto de las modelos, luciendo un vestido que nunca podría comprar. Estaba allí para trabajar, para ganar dinero, lo demás daba igual.

Y si podía quedarse al otro lado del salón, lejos del hombre que había provocado tan extrañas emociones, mejor que mejor.

–Marc, cariño, este es ideal. ¿No te parece?

Por fin, la esposa de Hans había encontrado un vestido que le gustaba y estaba acariciando el sedoso material dorado sin molestarse en mirar a la modelo, que sonreía a Marc, pero la ignoraba a ella. Aunque Marc no estaba en absoluto interesado.

No se parecía nada a la otra modelo.

Marc interrumpió tan inapropiado pensamiento e intentó concentrarse en el problema más acuciante: cómo apartarse de la mujer de Hans.

–Perfecto –asintió, aliviado. ¿Podrían irse por fin?

Pero el alivio duró poco porque Celine lo tomó posesivamente del brazo.

–Ya he visto todo lo que quería ver. Pediré hora para probarme el vestido mañana, pero ahora sé un ángel y llévame a cenar.

Marc apretó los dientes. Era insoportable ver al mejor amigo de su padre en las garras de una buscavidas. ¿Qué habría visto Hans en ella?

¿Pero no había estado él igualmente cegado una vez?

Sí, podía decirse a sí mismo que entonces era joven, ingenuo y demasiado confiado, pero había he-

cho el ridículo. Marianne había hecho con él lo que
quiso, riéndose de su juvenil adoración, cultivando
su devoción… una devoción que había explotado en
un instante.

Cuando entró en aquel restaurante de Lyon y la
vio allí con otro hombre, mayor que él, que entonces
solo tenía veintidós años. Mayor y mucho más rico.
Entonces era solo el heredero de la fortuna de los
Derenz. El hombre con el que estaba Marianne debía
tener más de cuarenta años y era un famoso multimi-
llonario. Marc había sentido que algo moría dentro
de él al verla con aquel hombre.

En lugar de disculparse o inventar una excusa,
Marianne había levantado su copa de champán, moviendo la mano para que viese el enorme anillo de
diamantes que llevaba en el dedo.

Poco después se había convertido en la tercera
esposa del hombre con el que estaba cenando y Marc
había aprendido una lección que no olvidaría nunca.

—Celine, tengo una cita esta noche.

Pero la mujer de Hans no se inmutó.

—Si es una cita de negocios, seré de ayuda –le
aseguró, sin soltar su brazo–. He soportado tantas
reuniones aburridas de Hans que sé cómo manejar-
las. Y luego podríamos ir a una discoteca…

Marc negó con la cabeza. Era hora de pararla de
una vez por todas.

—No es una cita de negocios –le dijo, dejando
clara la implicación.

Ella lo miró guiñando los ojos.

—No sales con nadie en este momento. Si fuera así,
me habría enterado.

–Seguro que sí –murmuró él.

No quería discutir, solo quería que Celine soltase su brazo antes de que perdiese la paciencia.

–Bueno, ¿quién es? –insistió ella.

Marc quería salir de allí, apartarse de aquella mujer como fuese y lo más rápidamente posible. De modo que dijo lo primero que se le ocurrió:

–Una de las modelos.

–¿Una modelo?

Pronunció esa palabra como si hubiera dicho «sirvienta». A ojos de Celine, las mujeres que no eran ricas, o no estaban casadas con un hombre rico, sencillamente no existían. Y menos las mujeres que pudieran interesar a alguien como Marc Derenz.

–¿Cuál de ellas? –le preguntó, con tono petulante.

Estaba retándolo y Marc no tenía más remedio que aceptar el reto, de modo que dijo lo primero que se le ocurrió.

–La que lleva el vestido que no te gusta.

–¿Ella? ¡Pero si no te ha mirado siquiera!

–No debe fraternizar con los clientes mientras está trabajando.

Después de decirlo se enfadó consigo mismo. ¿Por qué demonios había elegido a esa modelo, la que se había puesto tiesa como un palo, mirándolo con tanta hostilidad?

Pero él sabía por qué. Porque seguía intentando no pensar en ella… intentando y fracasando. La había seguido con la mirada, irritado por hacerlo y por haberla perdido entre la gente.

La vio por fin, al fondo del salón. ¿Estaría evitándolo?

No debería interesarlo en absoluto, pero quería volver a verla de cerca.

Más que eso.

¿Era porque no había mostrado el menor interés cuando él no podía dejar de pensar en ella? ¿Era eso lo que tanto lo intrigaba?

No tuvo tiempo de seguir pensando porque Celine parecía decidida a ponerlo en evidencia.

—Entonces preséntamela, cariño.

Era evidente que no lo creía, pero no iba a dejarse manipular por la intrigante esposa de Hans. Y tampoco pensaba pasar un minuto más en su compañía.

—Por supuesto, espera un momento —le dijo, dirigiéndose hacia el otro lado del salón. Haría lo que tuviese que hacer para librarse de Celine.

La buscó entre la gente y, al verla, su corazón se aceleró. Esa gracia, ese elegante perfil, esos ojos de un tono verde azulado… esa expresión de hostilidad en cuanto vio que se acercaba.

No era nada amistosa, desde luego. Pero le importaba un bledo porque estaba a punto de perder la paciencia. Se colocó frente a ella, de espaldas a Celine, y fue directamente al grano. Podía ser un momento de locura, un impulso o una salida desesperada, le daba igual.

—¿Te gustaría ganar quinientas libras esta noche? —le preguntó.

Capítulo 2

TARA oyó la pregunta, pronunciada con cierto acento francés, pero tardó un momento en entenderla porque seguía intentando controlar su reacción ante el hombre que acababa de aparecer, bloqueándole el paso, reclamando su atención. Como había reclamado que diese una vueltecita delante de él y de la rubia.

Ese era su trabajo, pero le había molestado el gesto de superioridad. Y estaba haciéndolo de nuevo. Y lo peor era que su pulso se había acelerado al mirar esos ojos oscuros como obsidianas.

Lo que acababa de pedirle era tan extraño como ofensivo y abrió la boca para reprochárselo. De ningún modo iba a tolerar que se dirigiese a ella en esos términos, fuera quien fuera.

–No saques conclusiones precipitadas –dijo él entonces, con tono aburrido–. Lo único que te pido es que me acompañes al hotel de mi acompañante. Tú te quedarás en el coche y luego volverás aquí. O te llevaré donde me digas.

Con el mismo gesto imperioso, el extraño levantó una mano para llamar a uno de los ayudantes del diseñador, que se acercó a toda velocidad.

–¿Necesita algo, *monsieur* Derenz? –le preguntó, con tono obsequioso.

Era deplorable, pensó Tara. Lo último que necesitaban los hombres ricos como aquel, que esperaban que todos saltasen ante la menor orden, era que los tratasen con esa actitud servil.

–Quiero que me preste a su modelo durante media hora. Necesito una acompañante para llevar a la señora Neuberger al hotel. Por supuesto, le pagaré por su tiempo. Espero que no haya ningún problema.

La última frase no era una pregunta sino una orden y el ayudante asintió inmediatamente.

–Por supuesto, señor Derenz –respondió, mirando a Tara–. ¿Y bien? No te quedes ahí. El señor Derenz está esperando.

Tara sabía que no podía hacer nada. Necesitaba el dinero y, si se negaba, el ayudante se lo contaría a su agencia. El diseñador era muy influyente y eso podría tener consecuencias negativas para su trabajo.

En cualquier caso, cuando el ayudante se alejó, fulminó con la mirada al hombre que estaba secuestrándola.

–¿Qué es esto? –le espetó.

El tal señor Derenz la miró con gesto impaciente. Nunca había oído hablar de él y el nombre solo sirvió para confirmar que no era británico, aunque ya lo había deducido por su acento.

–Me has oído. Mi invitada necesita una acompañante y yo también. Quiero que te portes como si me conocieras. Como si… –el hombre apretó los labios– como si tuviésemos una aventura.

–¿Qué?

–Tranquila, solo tendrás que fingir. Mi invitada parece tener ciertas expectativas y necesito desengañarla.

Tara enarcó una ceja, sorprendida. En fin, los problemas de aquel hombre no eran asunto suyo.

–¿Ha dicho quinientas libras?

Si no podía negarse, al menos sacaría algo de esa media hora.

–Sí –respondió él–. Eso si no me haces perder más tiempo.

Sin esperar, la tomó del brazo y se dirigió hacia el otro lado del salón, hacia la desdeñosa rubia.

–Mi nombre es Marc –le dijo al oído–. Llevamos juntos poco tiempo y tú no querías marcharte porque no había terminado el desfile y eres una profesional. Ahora, dime tu nombre.

–Tara –respondió ella–. Tara Mackenzie. Y necesito mi abrigo…

–No hace falta –la interrumpió él–. Iremos en coche y volverás dentro de media hora.

Habían llegado al lado de la rubia, que miraba a Tara como si estuviese oliendo leche agriada.

–Celine, te presento a Tara Mackenzie. Tara, la señora Neuberger. Tara ya ha terminado de desfilar, así que podemos dejarte en el hotel. *Alors, allons-y.*

Tomó a la rubia del brazo y las empujó a las dos hacia la puerta. Unos segundos después entraban en una limusina. Tara se sentó, estirando la falda del carísimo vestido para que no se arrugase.

El hombre con el que debía dar la impresión de tener una aventura, por absurdo que fuera, se sentó entre las dos. La rubia fingía no poder ponerse el cinturón de seguridad, sin duda para que lo hiciese él, y el tal señor Derenz lo hizo a toda velocidad, casi sin mirarla.

–Gracias, Marc, cariño –susurró la mujer.

Tara puso los ojos en blanco. Seguía sin saber quién era, pero ella no conocía a muchos hombres ricos. ¿Y qué más daba quién fuese? Tampoco importaba que tuviese un atractivo físico capaz de competir con su desagradable personalidad.

Lo miró de soslayo mientras la limusina se abría paso entre los coches. Tenía un gesto desabrido, impaciente, mientras replicaba en alemán a la rubia. Y luego se volvió hacia ella.

El brillo de sus ojos hizo que se le encogiese el estómago y, de repente, pensó que no era la rubia quien necesitaba un acompañante sino ella.

–Tara, *mon ange*, el cinturón…

Su voz era un ronco murmullo, nada que ver con el brusco tono que había usado en el salón. Y solo había un adjetivo para definirlo.

Íntimo.

Tara se quedó sin aliento. Montones de pensamientos diferentes daban vueltas en su cabeza.

«No me mires así».

«No me hables de ese modo».

«Porque si lo haces…».

Ese tono ronco, íntimo, le hacía cosas que no debería hacerle porque solo estaba en la limusina para servir de escudo contra la rubia. Era una situación que no tenía nada que ver con ella y que terminaría pronto.

Marc Derenz no era más que un hombre rico que

manipulaba a la gente según le convenía y ni siquiera se molestaba en ser amable.

Pero resultaba imposible recordar eso cuando se inclinó para ponerle el cinturón de seguridad, invadiendo su espacio como invadía sus sentidos. Notó el roce del duro torso masculino, vio los tendones de su cuello, el duro mentón y las arruguitas alrededor de los labios mientras respiraba algún caro perfume masculino.

Su propio aroma masculino...

Mientras le ponía el cinturón Tara dejó de respirar. Estaba tan cerca.

¿Qué tenía aquel hombre?

Pero era una pregunta absurda. Ella sabía lo que tenía: una descarnada y poderosa sexualidad. Natural, inconsciente. Todo terminó en un momento, cuando se apartó para volverse hacia la rubia, que no dejaba de hablar en francés

Había puesto una mano, de largas uñas rojas, en el brazo de Marc Derenz para reclamar su atención. Ignorándola a ella, por supuesto.

La antipatía de la mujer empezaba a molestarla de verdad. Y si, supuestamente, Marc Derenz y ella mantenían una aventura sería mejor demostrarlo, de modo que puso una mano sobre su brazo.

Tuvo que hacer un esfuerzo, pero lo hizo. Tenía que recuperarse de esa ridícula atracción.

Después de todo, había sido modelo durante años. Sabía usar su atractivo y también sabía cómo tratar a los hombres que la importunaban. Aquel hombre no iba a acobardarla porque fuese guapísimo. No, era hora de demostrarse a sí misma, y a él también, que no iba a quedarse calladita mientras le daba órdenes.

–Marc, cariño, lamento haber tardado tanto. ¿Me perdonas? –susurró.

Él giró la cabeza. En su seria expresión había una advertencia, pero era demasiado tarde.

–Debes aceptar, *mon ange*, que hay ciertas limitaciones en mi vida. *Hélas*, tengo que estar en Ginebra mañana y quería aprovechar la noche.

Ese tono íntimo la afectaba de un modo extraño. Y el ligero acento francés era tan sexy.

La rubia dijo algo en alemán y cuando él giró la cabeza para responder Tara suspiró, aliviada. Si así era solo haciendo el papel de amante atento...

En fin, era una suerte que su personalidad no encajase con su aspecto físico porque, desde luego, tenía el encanto de una piedra. Aunque, si era sincera consigo misma, se alegraba de que el encuentro con aquel hombre fuese a ser corto.

Lo acompañaría al hotel, luego volvería al salón y tendría quinientas libras más para escapar a su casa en el campo. Se concentró en eso durante el resto del viaje, haciendo lo posible para ignorar al hombre que estaba sentado a su lado y agradeciendo que la rubia monopolizase su atención.

Poco después llegaban a la puerta de un lujoso hotel. Tara se quedó sentada mientras ellos dos salían de la limusina. Marc Derenz escoltó a la rubia hasta el vestíbulo y salió unos minutos después.

–Gracias a Dios –murmuró mientras se sentaba a su lado.

Tara esbozó una sonrisa irónica.

–Muy pesada, ¿no? Algunas mujeres no entienden el mensaje.

Los ojos oscuros se clavaron en ella y Tara sintió el impacto como si la hubiera fulminado con un rayo láser.

Pero él no se molestó en responder. Sencillamente, sacó el móvil del bolsillo y, un momento después, estaba hablando con alguien en francés. Tara se echó hacia atrás en el asiento, irritada por su actitud, pero alegrándose de estar a punto de escapar. Aun así, casi sin darse cuenta, giró la cabeza para mirar su perfil. Y, de nuevo, su pulso se aceleró de la forma más absurda.

Maldita fuera. Irradiaba virilidad, pero su desagradable personalidad la sacaba de quicio. En cuanto saliera del coche y le diese el dinero que le había prometido no volvería a pensar en él.

Cinco minutos después estaban de vuelta en el hotel donde tenía lugar el pase de moda y Tara bajó de la limusina.

–Quinientas libras –le recordó, sujetando la puerta.

Él la miró en silencio, con una expresión indescifrable, antes de bajar del coche. Era más alto que ella, incluso llevando tacones, y eso no era algo a lo que estuviese acostumbrada.

Tara levantó la barbilla en un gesto orgulloso.

–Mi dinero, por favor –insistió.

¿Qué estaba pasando? ¿Se negaría a dárselo? ¿Iba a discutir por una suma que sería insignificante para un hombre como él?

En lugar de sacar la cartera del bolsillo, Marc Derenz tomó su mano y, antes de que pudiese evitarlo o apartarse, se la llevó a los labios. Mientras lo hacía, su expresión era… diferente. Ya no parecía malhumorado o impaciente y el cambio era devastador.

Tara se quedó sin aliento.

«No me hagas esto».

Pero era demasiado tarde.

Con un brillo travieso en los ojos, como si supiera cuánto la afectaba, Marc Derenz inclinó la cabeza para rozar la delicada piel de su muñeca con los labios.

Tenía unas pestañas demasiado largas para un hombre de facciones tan masculinas, pensó tontamente, mientras deslizaba los labios por su muñeca con deliberada lentitud.

Suave, sensual, devastador.

Sintió que sus ojos se cerraban, que se le doblaban las piernas. Intentó negárselo desesperadamente. Solo estaba rozando su muñeca con los labios. Pero sus intentos de trivializar la situación eran inútiles. Estaba derritiéndose, disolviéndose…

Él soltó su mano entonces.

—Gracias —le dijo en voz baja—. Gracias por cooperar esta noche —añadió, con cierto tono de burla.

Tara rescató su mano como si la hubiera quemado.

Tenía que recuperarse como fuera.

—Solo lo he hecho por el dinero —le espetó, fulminándolo con la mirada.

Marc Derenz se echó hacia atrás como si lo hubiera golpeado. La expresión amable desapareció por completo y volvió a mirarla con gesto helado mientras sacaba la cartera del bolsillo y, con deliberada lentitud, la abría para extraer unos billetes.

Tara los tomó, sintiendo que le ardía la cara. Era embarazoso aceptar dinero de un hombre, de cualquier hombre y más aún de aquel.

Marc Derenz la miraba con gesto impasible, pero había algo en sus ojos que la hizo reaccionar de modo impulsivo. Aquel hombre no tenía el menor encanto y, sin embargo, había conseguido excitarla como nadie. Había dejado que besara su mano, su muñeca, y ni siquiera había intentado apartarse.

De repente, con el abrumador impulso de vengarse, tomó uno de los billetes de cincuenta libras, dio un paso adelante y, con deliberada insolencia, lo metió en el bolsillo de su chaqueta.

—Tómese una copa a mi salud, señor Derenz —le dijo, con tono falsamente dulce—. Parece que la necesita.

Luego dio media vuelta y se dirigió hacia la puerta del hotel, sin mirar atrás. Si no volvía a ver a Marc Derenz en toda su vida, mejor que mejor. Un hombre como él solo daba problemas.

Un hombre que, como ningún otro, podía hacer que se derritiese con una sola mirada o un simple beso en la muñeca y que, a la vez, podía sacarla de quicio con su imperioso tono y su antipática personalidad.

Marc la observó desaparecer en el interior del hotel, con la falda del vestido flotando tras ella, la gloriosa melena castaña brillando bajo las luces. En su recuerdo seguía saboreando la pálida piel de su muñeca, el latido de su pulso.

Luego, haciendo una mueca, dio media vuelta para subir a la limusina. Después de darle instrucciones al conductor, sacó el billete del bolsillo de la chaqueta y volvió a guardarlo en la cartera.

Cuánto le habría gustado borrar ese gesto irónico, silenciar esa boca que lo tentaba de una forma inaudita. Silenciarla del único modo que quería hacerlo.

Pero Tara Mackenzie no era para él, de ningún modo. Durante toda su vida había jugado al juego del romance respetando las reglas que se había impuesto para estar a salvo y no tenía intención de saltárselas.

Ni siquiera por una mujer como ella.

De no haber sido por la insoportable Celine, nunca la habría conocido y solo quería olvidarse del asunto, de las dos.

Para siempre.

Tara estaba mirando cocinas y baños en internet, intentando encontrar una reforma que se ajustase a su presupuesto. Pero, por muchos cálculos que hiciese, le seguían faltando diez mil libras. Aun viviendo en Londres de la forma más barata posible, compartiendo un apartamento con otras modelos, tardaría seis meses en ahorrar tanto dinero.

Lo que necesitaba era una rápida fuente de ingresos, pensó.

Bueno, había ganado quinientas libras solo por apartar a la rubia del ogro de Marc Derenz.

Recordó entonces el roce sus labios en la delicada piel de su muñeca… pero enseguida apartó de sí ese recuerdo, irritada consigo misma.

Solo lo había hecho para provocarla. Por ninguna otra razón.

Impaciente por apartarlo de sus pensamientos, volvió a buscar páginas de reformas. Lo importante era mudarse a Dorset, no un irritante millonario que ya se habría olvidado de ella. Además, por mucho que hubiera acelerado su pulso, Marc Derenz era un hombre totalmente inapropiado para ella.

¿Habría algún hombre para ella?, se preguntó entonces. Sí, pensó, decidida. Algún día lo encontraría. Pero no iba a encontrarlo en Londres, trabajando como modelo. Tendría que ser alguien que no la viese como un trofeo. Tal vez un veterinario o un granjero a quien le gustase el campo tanto como a ella.

Una cosa era segura: no sería Marc Derenz porque no iba a volver a verlo.

El sonido del timbre hizo que diera un respingo. Probablemente alguna de sus compañeras de piso había olvidado las llaves, pensó, levantándose de la silla para abrir la puerta.

Y entonces dio un paso atrás, atónita.

Porque allí, frente a ella, estaba la última persona a la que había esperado ver.

Marc Derenz.

Capítulo 3

MARC estaba de mal humor. Peor incluso que aquella insufrible noche en el desfile de moda, con Celine intentando acorralarlo. Había esperado que su indiferencia la desanimase. Se había equivocado. La mujer de Hans seguía molestándolo, insistiendo en invitarse a la villa Derenz con el pretexto de buscar casa.

Hans se lo había pedido y no había podido negarse, de modo que iba a tenerlos como invitados en Cap Pierre durante una semana. Tendría que volver a atajar los avances de Celine. Por exasperante que fuese.

Y el medio para atajar esos avances era Tara Mackenzie.

Había sido fácil encontrarla, pensó, mirando el sencillo apartamento. La puerta se abría a un desordenado salón lleno de muebles baratos, con estanterías llenas de cosas y, al fondo, una cocina diminuta.

Marc miró a la mujer a la que había buscado. Incluso en vaqueros y camiseta, Tara Mackenzie era bellísima. Tan asombrosamente bella como recordaba. Y, al verla, experimentó la misma reacción visceral que había experimentado en el hotel. Deplorable, pero poderosa. Demasiado poderosa.

Ella lo miraba con gesto de incredulidad y cuando abrió la boca para decir algo, Marc la detuvo con un gesto. Quería solucionar aquello lo más rápidamente posible.

–Quiero hacerte una proposición.

Su tono era tan seco y antipático como lo había sido esa noche y Tara torció el gesto. Seguía atónita por verlo allí y el impacto que ejercía en ella era tan poderoso que tenía que hacer un esfuerzo para no tambalearse.

En esa ocasión no llevaba esmoquin sino un elegante traje de chaqueta oscuro. Su impenetrable expresión, con esas facciones injusta y devastadoramente atractivas, evidenciaba un aire de impaciencia y la total convicción de que ella iba a escucharlo sin protestar.

–Te ofrezco que vuelvas a hacer el papel que hiciste la noche del desfile a cambio de cinco mil libras –le dijo, sin molestarse con preámbulos.

Tara frunció el ceño.

–La rubia sigue persiguiéndote, ¿eh?

Él torció el gesto. Evidentemente, le había molestado el comentario, pero parecía reconocer tácitamente que había acertado.

–¿Y bien? ¿Qué dices?

–Cuéntame algo más.

Tara se dio cuenta de que le molestaba tener que pedirle ayuda y eso era muy gratificante. Por qué, era algo que no quería examinar.

–Una semana, diez días como máximo. Sería solo una actuación. La misma que la otra noche, solo de cara a los demás.

¿Había una advertencia en su tono cuando dijo

eso de «solo de cara a los demás»? Tara no lo sabía y le daba igual. Era irrelevante. Por supuesto que solo era para guardar las apariencias.

–Serías mi invitada en la Costa Azul –siguió él.

Tara enarcó una ceja.

–Junto con la rubia, imagino.

–Precisamente.

–¿Y yo tengo que hacer de escudo?

Marc asintió de nuevo, con gesto impaciente, sin decir nada, pero clavando en ella esos ojos oscuros, como intentando doblegarla a su implacable voluntad.

Entonces, de repente, el brillo de sus ojos se volvió… diferente, más cálido, y Tara oyó una vocecita de advertencia. Sentía como si estuviera al borde de un precipicio.

La impresión desapareció enseguida. ¿Habría imaginado ese repentino cambio en los ojos de color gris oscuro? Debía ser así, pensó. No había nada en su expresión más que impaciencia. Quería una respuesta y la quería inmediatamente.

Pero a ella no le gustaba que la apresurasen, de modo que tomó aire y cruzó los brazos sobre el pecho como un escudo contra la imponente figura masculina.

–Muy bien, a ver si lo entiendo. Me pagarás cinco mil libras por pasar un máximo de diez días en tu casa y yo debo comportarme, estrictamente en público, como si tuviéramos una aventura. Mientras la otra invitada, la rubia, entiende de una vez que, tristemente para ella, no estás disponible para sus adúlteros propósitos. ¿Es eso?

Marc se limitó a asentir con la cabeza y Tara lo pensó un momento.

–La mitad por adelantado –dijo por fin.

–No me fío. Puede que no aparezcas.

Cuando miró alrededor, Tara entendió el mensaje. Alguien que vivía en un sitio como aquel podría quedarse con el dinero y no cumplir con el acuerdo.

Marc Derenz estaba forrado. A juzgar por su estilo de vida, la limusina, el chófer, el desfile de alta costura, los mejores hoteles, tenía que estarlo. Y ella no pensaba recibir menos de lo que era justo. Después de todo, quinientas libras por menos de media hora era una oferta mucho más generosa que aquella.

–Diez mil –le dijo.

Para él no sería nada y, en cambio, era exactamente lo que ella necesitaba para terminar las reformas de su casa.

Por un momento se preguntó si se le habría ido la mano. Pero tal vez sería lo mejor, pensó entonces. ¿De verdad podía pasar diez días en compañía de aquel hombre? La precaución empezaba a dejar paso a la ridícula emoción que había sentido por un momento, cuando él la miró con ese brillo extraño en los ojos.

–Muy bien, diez mil –asintió Marc.

Parecía enfadadísimo y Tara tuvo que disimular una sonrisa de triunfo… que desapareció al ver que sacaba la cartera del bolsillo de la chaqueta para extraer dos billetes de cincuenta libras.

Mirándola con una sonrisa irónica, Marc Derenz alargó la mano y metió los dos billetes en el bolsillo de su camiseta.

–Algo a cuenta –le dijo.

Y ella sabía por qué lo hacía: era una venganza por su atrevimiento al darle una propina la otra noche.

Tara abrió la boca para decirle cuatro cosas, pero él la interrumpió explicando a toda prisa que los arreglos del viaje se harían a través de su agencia.

Luego dio media vuelta y desapareció.

Tomando aire, Tara sacó los dos billetes del bolsillo y los miró, pensativa. Aquella era la naturaleza de su relación y debía recordarlo. Marc Derenz estaba comprando su tiempo porque era útil para él.

Ninguna otra razón.

Y ella no querría que hubiese ninguna otra razón.

¿Por qué Marc Derenz, precisamente él, podía afectarla de ese modo? No lo entendía, pero sabía que nada bueno podía salir de aquello. Pertenecían a mundos distintos y siempre sería así.

Pero una semana después, mientras miraba por la ventanilla del avión que la llevaba a la Costa Azul, resultaba difícil recordar esa advertencia. Estaba de muy buen humor. Iba a pasar una semana en la famosa Riviera francesa y, además, recibiría diez mil libras con las que podría terminar las reformas de su casa.

La vida era maravillosa.

Ni siquiera le importaba viajar en clase turista, a pesar de que Marc estaba forrado. Más que eso. Había buscado en internet y había levantado las cejas hasta el techo cuando descubrió quién era.

Marc Derenz, presidente del banco Derenz.

Nunca había oído hablar de él, ¿pero por qué iba a hacerlo? La oficina central estaba en París y no era un banco para gente como ella. Para tener dinero en el banco Derenz debías ser muy rico. Debías tener inversiones, gerentes, administradores, corredores de Bolsa, todo a tu disposición para que tus millones diesen grandes beneficios.

En cuanto a su destino, la villa Derenz aparecía en todas las revistas de arquitectura y, al parecer, era famosa como ejemplo del estilo art déco. Unas horas después, mientras el ama de llaves la llevaba por un vestíbulo con suelo de mármol hasta una escalera como de película, Tara estuvo de acuerdo. Su dormitorio, decorado en tonos grises y con muebles de acero y cristal, era fabuloso.

Miró alrededor, encantada. Era una habitación maravillosa y cuando salió al balcón se quedó sin aliento. Un cuidado jardín rodeaba el precioso edificio, con una piscina circular de agua color turquesa en el centro y, frente a ella, el mar Mediterráneo y la costa rocosa de Cap Pierre. El color del mar corroboraba el nombre de la zona, la Costa Azul.

Era comprensible que a los ricos les gustase tanto vivir en un sitio como aquel. Y ella iba a estar allí diez días.

Tara volvió a entrar en la habitación para ayudar a las dos jóvenes criadas que estaban deshaciendo sus maletas, llenas de vestidos de diseño que un estilista había elegido por orden de Marc Derenz. Era un vestuario acorde con el papel que iba a interpretar. No era suyo, pero al menos no lo luciría para que otras mujeres lo comprasen y eso era una novedad.

Disfrutaría de aquella experiencia, se dijo. Empezando por el delicioso almuerzo servido en la terraza, bajo una sombrilla, y seguido de una relajante siesta en una hamaca bajo el cálido sol del Medite-

rráneo. No sabía dónde estaba Marc Derenz. Seguramente aparecería en algún momento, pero hasta entonces…

–No te quemes.

La voz que despertó a Tara era ronca y masculina.
Y el abrupto tono le dijo que no era su bienestar lo
que tenía en mente.

Cuando abrió los ojos, la alta figura del hombre que
iba a pagarle diez mil libras por alojarse en aquella
lujosa villa en el sur de Francia se cernía sobre ella.

–Me he puesto crema protectora –le dijo, apoyán-
dose en un codo.

–Ya, pero no quiero que parezcas una langosta
cocida –replicó Marc–. Y es hora de ponerse a trabajar.

Tara se sentó en la hamaca para colocarse los ti-
rantes del bañador, que había bajado para evitar las
marcas del sol. Al hacerlo, se dio cuenta de que el
bañador se había deslizado peligrosamente, mos-
trando más de lo que debería, y sintió que le ardía la
cara. Los ojos oscuros estaban clavados en ella y el
pequeño bañador apenas era capaz de ocultar nada,
de modo que, a toda prisa, se colocó un pareo sobre
los hombros.

«Voy a tener que acostumbrarme al impacto que
ejerce en mí este hombre. Y lo antes posible. No
puedo mostrarme tan ridículamente avergonzada
cuando me mira si soy su pareja. Tengo que aprender
a ignorarlo».

Teniendo presente esa advertencia, terminó de colocarse el pareo y lo miró. Recortado contra el sol
parecía más alto, más imponente. Llevaba un traje de

chaqueta de color gris pálido, con una corbata de seda y unos gemelos de oro.

–Muy bien. ¿Qué tenemos que hacer hoy?

–La sesión informativa –respondió él, dejándose caer sobre una silla y cruzando las piernas–. Tienes que respetar ciertas reglas, Tara. Esto es un trabajo, no unas vacaciones.

La miraba con gesto serio, impasible, pero en realidad tenía que esconder cierta inquietud. Llegar allí desde París para encontrarla tomando el sol no lo había impresionado. O, para ser más preciso, su actitud no le había impresionado. En todos los demás sentidos, estaba muy, pero muy impresionado.

Dieu, tenía un cuerpazo. Bueno, debía tenerlo porque era modelo, pero verlo expuesto así, en bañador, era un placer del que había disfrutado más de lo que era prudente.

Porque daba igual lo espectacular que fuese su figura o lo bello que fuera su rostro, aquello era un trabajo, no unas vacaciones.

¿Había sido un error llevarla allí? ¿Estaba jugando con fuego?, se preguntó. Ver ese cuerpo fantástico, esa belleza impresionante de cerca y no solo en sus recuerdos era… inquietante.

Marc se recordó a sí mismo que Tara no pertenecía a su mundo, que solo era una mujer a la que había admitido en su vida brevemente, bajo presión. No iba a saltarse las reglas que él mismo se había impuesto, unas reglas que le habían servido desde el fiasco en su juventud con Marianne. Un fiasco que le había roto el corazón.

Pero entonces era muy joven, un crío enamorado

nada más, por eso le había dolido tanto. Ahora era un hombre experimentado en la treintena, seguro de sí mismo y seguro de lo que quería. Seguro de las relaciones con las mujeres que elegía y que no se parecían nada a la que tenía delante en ese momento, que aceptaba dinero por hacer un papel.

Eso era lo que debía recordar. Esa era la única razón por la que Tara estaba allí, la razón por la que lo había acompañado la noche del desfile. Lo había dejado perfectamente claro entonces y, de nuevo, cuando le pidió el doble de lo que había ofrecido.

Por guapa que fuese, por hermosa que fuese su figura, su relación con Tara Mackenzie era estrictamente profesional. Estaba allí solo para hacer un trabajo.

—Los Neuberger llegarán esta noche —le dijo—. A partir de entonces, y hasta que se marchen, tú harás el papel que has venido a hacer. Solo estás aquí para hacer un papel, Tara. No debes pensar que tenemos una relación de ningún tipo o que existe alguna posibilidad de la que haya. ¿Lo entiendes?

Estaba advirtiéndole que no se hiciera ilusiones, pensó Tara, enojada.

«Pues muchas gracias, señor Derenz, pero no era necesario advertirme».

¿De verdad pensaba aquel antipático que todas las mujeres del mundo estaban tras él?

Indignada, se irguió en la hamaca.

—Por supuesto, señor Derenz. Lo entiendo perfectamente, señor Derenz. Lo que usted diga, señor Derenz —respondió, sarcástica.

—No me exaspere, *señorita Mackenzie*.

—Y usted, *señor Derenz*, no se atreva a pensar que

yo tengo el menor deseo de hacer algo que no sea interpretar un papel. Y espero que usted haga lo mismo, por cierto. Nada de besarme en la muñeca ni tonterías parecidas. Ningún contacto físico en absoluto. Sé que debo hacer mi papel de modo convincente, pero solo de cara a la galería.

Fingir intimidad con él no sería fácil. De hecho, sería un reto porque le costaba sostener su mirada.

¿Por qué tenía que afectarla de ese modo?

Intentó no pensar en lo atractivo que era sino en su antipatía y su arrogancia. Sí, eso era mucho más seguro. Aunque lo mejor sería hacer lo que estaba haciendo, tratar aquello como un simple contrato profesional.

–Será mejor que me cuentes todo lo que deba saber sobre los Neuberger –le dijo, con expresión seria.

A él no pareció gustarle que tomase la iniciativa. Marc Derenz estaba acostumbrado a dar órdenes y tal vez no esperaba que sus empleados, y ella era una empleada, aunque fuese temporal, se atreviesen a hablar ante el augusto presidente del banco Derenz.

–Hans Neuberger es el presidente de Neuberger Fabrik, una empresa de ingeniería alemana con base en Frankfurt. Era amigo de mi familia y Celine es su segunda esposa. Hans era viudo y este matrimonio es relativamente reciente, menos de dos años. Tiene hijos adultos de su primer matrimonio…

–Que odian a su madrastra –lo interrumpió Tara.

Él siguió como si no hubiese dicho nada:

–Celine ha convencido a su marido para que compre una casa aquí y, con ese pretexto, se ha invitado a venir… con evidentes intenciones. Francamente, creo que el matrimonio de Hans con Celine ha sido un error. Esa mujer lo eligió por su dinero y, al parecer, ahora yo soy su objetivo como fuente de entretenimiento –dijo con tono helado–. Si Hans no fuese amigo de mi familia mandaría a Celine a paseo, pero dada la situación no puedo hacerlo.

–Claro, lo entiendo –murmuró ella.

Marc Derenz podía ser implacable, imperioso y grosero, pero tras ese despliegue de antipatía le pareció ver algo más…

–Tal y como están las cosas, por Hans, debo proceder de un modo más sutil.

–Y demostrarle a Celine que ese puesto en tu vida ya está ocupado –dijo Tara.

–Precisamente.

Marc se levantó entonces y miró su reloj; sin duda, uno de esos relojes hechos por encargo que costaban tanto como una casa. Luego la miró a ella y, por alguna razón, Tara buscó sus gafas de sol, como para protegerse. Aunque no sabía de qué.

–Cócteles a las ocho, Tara. No llegues tarde –dijo bruscamente.

Después de decir eso dio media vuelta para entrar en la casa y Tara tuvo la sensación de haber mantenido una pelea de cinco asaltos con un peso pesado.

Una cosa era segura: iba a tener que esforzarse para ganar esas diez mil libras. Tal vez debería haber pedido más dinero, pensó, mientras volvía a tumbarse en la hamaca.

Aunque el dinero no la protegería del extraño efecto que Marc Derenz ejercía en ella.

Capítulo 4

MARC estaba en su despacho, mirando la pantalla del ordenador, pero sin poder concentrarse en las cifras. Tenía un despacho bien equipado en todas sus propiedades para controlar sus negocios estuviera donde estuviera. Había heredado una vasta fortuna siendo muy joven y si no hubiera mantenido un férreo control, si no hubiera demostrado que era capaz de dirigir el banco, habría sido marginado en el consejo de administración. Todos pensaban que era demasiado rígido, incluso arrogante, pero era esencial para imponer su voluntad a hombres mayores que él y con más experiencia. Estaba acostumbrado a dar órdenes que eran obedecidas sin rechistar.

Pero la modelo a la que pagaba por hacer un simple trabajo parecía incapaz de aceptar unas sencillas instrucciones sin replicar continuamente.

Marc apretó los dientes. Aquella tontería con la mujer de Hans estaba causándole muchos problemas y que Tara Mackenzie se mostrase tan arrogante era intolerable.

Sería mejor que adoptase una actitud más sumisa cuando llegasen los Neuberger o no convencería a Celine de que eran una pareja.

¿Por qué no podía ser como otras mujeres, que siempre intentaban complacerlo?, se preguntó. Con su asombrosa belleza, podría hacer que tuviese mejor disposición hacia ella.

«Tal vez debería conquistarla».

Por mucho que protestase, él sabía que le había gustado el beso en la muñeca. De hecho, había tenido el efecto que esperaba. Tara había empezado a derretirse…

«Tal vez debería volver a hacerlo».

Era tan tentador convertir ese antagonismo en algo mucho más… proclive. Sería un reto, desde luego, pero también una novedad. Estaba demasiado acostumbrado a ser perseguido por las mujeres…

Marc apartó de sí tal pensamiento. No, no sería buena idea. ¿De verdad tenía que recordar todas las razones por las que no debía mantener una relación con Tara Mackenzie, por guapa que fuese?

No, iba a pagarle diez mil libras para que le quitase de encima a Celine. Tara Mackenzie estaba allí para hacer un trabajo y luego se marcharía. Nada más.

Reafirmándose en esa decisión, Marc se puso a trabajar.

Tara se miró al espejo con ojo profesional. Y profesional tenía que ser. Aquello, se recordó a sí misma, era solo un trabajo, igual que desfilar por una pasarela.

Y Marc Derenz solo era la persona que iba a pagarle por ese trabajo.

Por suerte, solo durante una semana o poco más. Podría soportar su antipática actitud durante ese tiempo a cambio de diez mil libras.

Volvió a mirarse al espejo, admirando el vestido de cóctel de color azul zafiro, con la etiqueta de un famoso diseñador, el maquillaje inmaculado, el pelo sujeto en una estilosa coleta y un collar que había encontrado en la maleta junto con el resto del vestuario.

Sí, estaba perfecta para hacer su papel: la última mujer en la vida de Marc Derenz.

Era hora de salir al escenario.

Una de las criadas le había dicho que la esperaban abajo, de modo que se dirigió a la escalera. Desde arriba podía ver a un empleado abriendo la puerta y a Marc Derenz saliendo de una habitación para recibir a sus invitados.

Entonces vio que se detenía de golpe.

Enseguida descubrió por qué. No eran los Neuberger sino la señora Neuberger, sola.

Celine, sin marido, con un traje de chaqueta de color menta, tacones de aguja y un bolso que Tara sabía tenía una lista de espera de varios años.

–¡Marc, *chérie*! –exclamó, acercándose a su anfitrión, que seguía inmóvil en el vestíbulo–. Qué alegría estar aquí.

–¿Dónde está Hans? –le preguntó él.

–Ah, le he dicho que no lo necesitaba. Lo pasaremos mejor solos –respondió la rubia, levantando una mano para acariciar su mejilla.

Tara tuvo que contener una carcajada. A pesar de la expresión airada de su presa, Celine parecía muy animada. Pues bien, era hora de desengañarla.

Dio un paso adelante, sus tacones repiqueteando sobre la escalera de mármol, y se dirigió hacia ella con una sonrisa en los labios.

—Celine, qué alegría volver a verte. Nos alegramos tanto de que hayas venido.

Su pulso no era firme del todo y no tenía nada que ver con Celine Neuberger sino con el aspecto de Marc Derenz y cómo la miró. Con esos ojos oscuros concentrados en ella, como clavándola con la mirada. Una mirada que en esa ocasión no era antipática sino... apreciativa. Como si le gustase lo que veía. Más que eso.

Intentando calmarse, recordó que Marc estaba haciendo un papel, como ella, y dio un beso al aire cerca de Celine, cuyo rostro estaba retorcido de furia.

—Me encanta ver casas, así que lo pasaremos bien. ¿Por qué no me describes lo que buscas mientras tomamos una copa? —sugirió, esperando que Marc las llevase al salón donde iban a servirse los cócteles porque ella no tenía ni idea. Y si la rubia se daba cuenta, quedaría al descubierto.

Marc las llevó a un suntuoso salón de estilo art déco, con ventanales que daban a una terraza. Celine prácticamente le arrancó la copa de la mano y empezó a hablar inmediatamente en alemán, intentando dejarla fuera de la conversación.

«Cariño, todo para ti. Es arrogante, malhumorado y no tiene el menor encanto. Para ti, todo para ti».

Por supuesto, no podía decirlo en voz alta y, sabiendo que debía hacer su papel, puso una mano sobre el brazo de Marc.

–Yo no hablo alemán –anunció–. Y mi francés es bastante flojo. ¿Le has dicho a Marc qué tipo de casa estás buscando?

Mientras hablaba, notó que Marc parecía tenso y apretó su brazo en un gesto de advertencia. Celine no iba a dejarse engañar si no actuaban como una pareja.

Además, ¿por qué se ponía tenso? No pensaría que ella estaba interesada, ¿no?

Tara recordó su ridícula advertencia. Le había dicho que solo estaba allí para hacer un papel y no debía creer que había alguna posibilidad de que fuese real.

«Yo no querría que fuese real», pensó.

Pero una vocecita la llamó mentirosa.

«Puede que no te guste, pero por alguna razón es capaz de hacer que te tiemblen las rodillas, así que ten cuidado».

Qué tontería, pensó entonces. No estaba esperando que Marc Derenz le hiciese el inmenso cumplido de desearla de verdad, así que las advertencias eran innecesarias. Todo aquello era una actuación. Nada más.

Durante la cena intentó mostrarse como una encantadora anfitriona, atenta con su invitada, hablando de lo divertido que era buscar casas millonarias en la Riviera francesa para aquella mujer que, evidentemente, desearía verla en el fondo del mar.

Hizo su papel, sin molestarse por el trato desagradable de la rubia, pero la actitud hierática de Marc era exasperante. Seguía enfadado porque Celine había aparecido sin su marido, pero no tenía por qué hablar con monosílabos y podría mostrar un poco de interés en la conversación que Tara hacía tantos esfuerzos por mantener.

Cuando volvieron al salón para tomar café, le dijo al oído:

—No puedo hacer esto sola. Por favor, haz tu papel.

Se sentó a su lado en el elegante sofá, poniendo la mano en un fuerte y duro muslo. Sintió que daba un respingo, como si lo hubiera quemado, y vio que hacía un gesto de irritación. Pero si ella podía hacerlo, también podía hacerlo Marc.

—Cariño, estás siendo un ogro. Anímate un poco, por favor —le apremió, con una pícara sonrisa en los labios.

Su recompensa fue una mueca de indignación y el humor de Tara cambio de inmediato. En realidad, era muy satisfactorio pinchar a Marc Derenz. Era tan fácil picarlo.

Podría estar jugando con fuego, pero era emocionante.

Tara se volvió hacia Celine, que estaba tomando café.

—Marc está enfadado porque no quiere ir a ver casas —le dijo—. Ya sabes que los hombres odian esas cosas. Dejémoslo aquí, iremos nosotras solas.

Pero Celine no estaba dispuesta a aceptar tal sugerencia.

—Tú no conoces la zona —respondió, con tono desdeñoso—. Necesito la experiencia de Marc. Por supuesto, nos encantaría comprarla aquí, en Cap Pierre. Es un sitio tan exclusivo.

–Tanto que ahora mismo no hay nada en venta –se apresuró a decir Marc.

Dieu, lo último que necesitaba era tener a Celine Neuberger de vecina en Cap Pierre. Y lo último que quería, pensó, cada vez de peor humor, era que Tara pusiera una mano en su pierna.

Tenía que hacer un esfuerzo para disimular su reacción desde que la vio bajando por la escalera, tan increíblemente guapa. Tanto que era incapaz de apartar los ojos de ella.

Todas las recomendaciones que se había hecho a sí mismo, todas las advertencias de que Tara Mackenzie no pertenecía a su mundo y, por lo tanto, no podía tener nada con ella, se esfumaron. Intentó recordarlas durante la cena, pero era imposible hacerlo cuando ella invadía su espacio personal. Y cuando le habló al oído… ¿no se daba cuenta lo difícil que era para él recordar que solo estaba haciendo un papel?

¿Cómo demonios iba a soportar así una semana? ¿Habría sido una locura llevarla allí?

Pero daba igual que hubiese sido una locura. Estaba allí y ya no podía hacer nada. Y, aunque lo atormentase, tenía razón. Debía comportarse como si estuvieran manteniendo una tórrida aventura. Si no, ¿para qué estaba allí?

De modo que puso la mano libre sobre la suya. ¿Se había puesto tensa? Bueno, pues peor para ella.

–Seguro que Hans y tú encontrareis lo que buscáis, Celine. ¿Qué tal más arriba, en una zona con vistas?

Contenta al ver que se dirigía a ella, aunque lanzando una mirada agria sobre la mano que había puesto sobre la de Tara, Celine esbozó una sonrisa.

–Una casa con vistas sería ideal –respondió. Y luego empezó a hablar sobre el tipo de casa que le gustaría comprar.

Marc la dejó hablar, interviniendo solo cuando era absolutamente necesario. El foco de su atención era que sus dedos, como por voluntad propia, se habían enredado con los de Tara… y la sensación le gustaba.

Empezaba a desear que Celine se esfumase y no solo porque no tenía el menor interés en cometer adulterio con la esposa de su amigo sino porque quería estar a solas con Tara.

Podía sentir que su pulso se aceleraba, excitado…

Tal vez los cócteles, el vino que había bebido en la cena y el coñac que acababa de servirse habían conseguido que perdiese las inhibiciones, haciéndole olvidar que había llevado a Tara allí solo como un escudo contra la mujer de Hans.

¿Pero qué importaba eso?

Ese pensamiento daba vueltas en su cabeza, seductor, tentador. Demasiado tentador.

Nervioso, soltó la mano de Tara y se levantó. Tenía que salir de allí.

–Perdona, Celine, tengo que llamar a un cliente en Asia –se disculpó.

No era cierto, pero tenía que interrumpir aquella escena. Celine pareció molesta, pero le daba igual. Tara lo miró con gesto interrogante, pero enseguida entendió y vio que fingía bostezar.

–Será mejor que nos retiremos temprano, Celine. Supongo que estarás cansada del viaje.

Celine parecía a punto de protestar, pero debió pensarlo mejor porque no dijo nada.

Marc las acompañó al vestíbulo y se despidió amablemente de su aborrecible invitada. Y luego se volvió hacia la mujer que no era su invitada sino su empleada temporal, por difícil que fuese recordarlo.

—Subiré en media hora, *mon ange* —le dijo.

Debían dar la impresión de que dormían juntos, aunque una parte de su cuerpo, a la que no pensaba hacer ningún caso, no quería que fuese una mera impresión.

Marc silenció ese pensamiento de modo implacable mientras daba media vuelta para entrar en su despacho, donde no pensaba llamar a un cliente asiático sino al hijo de Hans.

Aquello estaba siendo un tormento para él y no solo por Celine sino por Tara, por lo que ella lo tentaba a hacer. Y a lo que debería resistirse con todas sus fuerzas.

Tara entró en el dormitorio y dejó escapar un suspiro de alivio. Por Dios, ¿se había vuelto loca? Pedirle a Marc que hiciese mejor su papel, tomar la iniciativa, hablarle al oído. Y luego, después de haber disfrutado tontamente por haberlo enfadado, poner una mano en el duro muslo masculino. De inmediato había querido apartar la mano, como si hubiera tocado metal al rojo vivo, pero no pudo hacerlo porque él había puesto una mano sobre la suya, aprisionándola.

Se le había hecho un nudo en la garganta cuando

entrelazó sus dedos y cuando empezó a acariciarla
suavemente con el pulgar había tenido que hacer un
esfuerzo para no dejar escapar un suspiro.

«No pienses en ello. Concéntrate en meterte en la
cama. Mañana tendrás que soportar a Celine y a
Marc y va a ser un día muy largo».

Intentando apartarlo de su mente, se puso el pijama, colgó el vestido con cuidado en una percha, se
quitó el maquillaje y se cepilló el pelo. El ritual calmó
un poco su nerviosismo, pero seguía inquieta mientras se lavaba los dientes y sabía por qué.

Tara miró la puerta de espejo que conectaba con
otra habitación. No le sorprendía que la hubiesen
instalado en una habitación contigua a la de Marc
Derenz porque de otro modo sería demasiado obvio
que, en realidad, no era quien fingía ser. Pero era
inquietante pensar que solo una puerta la separaba de
él.

Sin pensar en lo que estaba haciendo, y menos por
qué lo hacía, tiró del pomo y comprobó que la puerta
estaba cerrada por el otro lado. Ah, pensó, con una
sonrisa cáustica, esa debía ser su forma de recordarle
que estaba actuando para dar la impresión de que
mantenían una aventura, pero no debería hacerse
ilusiones.

Y tampoco él debería hacerse ilusiones y era hora
de recordárselo, pensó, alargando la mano para echar
el cerrojo. Pero cuando iba a hacerlo dio un respingo
porque la puerta se abrió y Marc Derenz entró en el
cuarto de baño.

—¿Qué haces aquí? —le espetó, alarmada.

Él frunció el ceño, con su habitual gesto de mal

humor, como si no tuviese derecho a cuestionarlo y Tara, curiosamente, se alegró.

Era mejor verlo disgustado que…

De inmediato cortó tan turbador pensamiento.

–Tengo que hablar contigo –anunció él.

Seguía llevando el pantalón que había llevado durante la cena, pero se había quitado la chaqueta y desabrochado la corbata. Tenía un aspecto despreocupado, informal, imponente.

Se le encogió el estómago. Daba igual lo desagradable que fuese. Marc Derenz no debería ser tan increíblemente atractivo…

Y, desde luego, no debería entrar en su habitación cuando ella estaba en pijama. Era un conjunto elegante y discreto, con camisa y pantalón ancho de seda, pero seguía siendo un pijama.

–¿Y bien? –le espetó, levantando la barbilla.

No le gustaba nada cómo se oscurecieron sus ojos. No le gustaba haberlo notado y, sobre todo, no le gustaba que su pulso se hubiese acelerado.

–Acabo de hablar con Bernhardt, el hijo de Hans –dijo Marc con tono brusco, como si quisiera terminar con aquello lo antes posible–. Le he dicho que debe convencer a su padre para que venga lo antes posible. No quiero tener a Celine aquí sola. Incluso contigo aquí…

–Para protegerte –lo interrumpió ella.

–Por suerte, Bernhardt está de acuerdo conmigo y ocupará su puesto en la reunión del consejo de administración para que Hans pueda venir mañana por la noche.

–Entonces solo tendremos que soportar esta situación hasta mañana, ¿no? Aunque tendré que ir con Celine a ver casas. En fin, no me importa ir sola con ella.

La inesperada presencia masculina en su dormitorio, con ella en pijama, era más que inquietante, pero intentó que su voz sonase firme.

La expresión de Marc se oscureció de nuevo.

–No, iré con vosotras. No quiero que acabe comprando una monstruosidad carísima con el dinero de Hans –dijo por fin, dejando escapar un suspiro de fastidio.

Tara soltó una risita.

–Seguro que buscará lo más llamativo y aparatoso –comentó. Prefería meterse con Celine que dejarse distraer por la abrumadora e injustamente impactante presencia de Marc Derenz–. Baños dorados, lámparas de araña en la cocina.

–Seguramente –asintió él–. ¿Cómo ha podido casarse con esa mujer?

–Celine es muy guapa –dijo Tara–. Exageradamente maquillada, en mi opinión, pero seguramente eso atrae a tu amigo.

–No, Hans no necesita una esposa trofeo.

Tara enarcó una ceja.

–¿Estás seguro? A la mayoría de los hombres les gusta presumir de una mujer guapa.

Marc guiñó los ojos.

–¿Esa es tu experiencia?

–Es muy común en el mundo del que yo vengo. Después de todo, las modelos son un gran trofeo para algunos hombres.

¿Había amargura en su tono? Esperaba que no,

pero su relación con Jules había hecho que abriese los ojos. Claro que Marc no sabría nada sobre hombres como Jules, que necesitan llevar a una modelo del brazo. Él no tenía que hacerlo para llamar la atención. Un hombre tan rico y atractivo como él no necesitaba demostrar nada a nadie.

Pero Marc Derenz había dado un paso hacia ella.

–¿Y no los comprendes? –le preguntó.

Había algo diferente en su tono, en su postura, en cómo la miraba.

De repente, Tara se puso en alerta. ¿Por qué estaba hablando así con él, en su habitación, llevando un pijama, con Marc Derenz tan cerca, tan irresistible?

Percibió el aroma de su colonia masculina, algo caro, exclusivo, hecho solo para él. Y sus ojos, esos ojos oscuros de color pizarra. Pero ya no eran inflexibles; era como si una venita dorada hubiese quedado expuesta de repente.

No podía dejar de mirarlo.

Y no podía respirar.

Solo podía pensar en esos ojos oscuros con puntitos dorados que estaban clavados en ella.

La habitación parecía encogerse… ¿o era el espacio entre ellos?

Marc levantó una mano y el brillo de los gemelos en los puños de la camisa, como un eco del brillo dorado en sus ojos, la dejó inmóvil, sin aliento.

Solo podía oír el estruendo de la sangre en sus oídos, sentir una especie de descarga eléctrica en su piel, como si solo tuviese que tocarla y…

–¿No los comprendes? –repitió Marc, con voz ronca, mientras rozaba sus labios con un dedo.

Tara sintió que se ahogaba, que se le doblaban las piernas. Quería hacer algo que no fuese mirarlo, inmóvil, mientras él rozaba sus labios. Pero solo ese roce existía... solo esa suave y sensual caricia.

–*Pourquoi es-tu si belle?* –murmuró él, levantando la otra mano para acariciar su pelo–. ¿Por qué tu belleza me parece tan irresistible?

Los labios de Tara se abrieron como por voluntad propia cuando tomó su cara entre las manos. Estaba inclinando la cabeza y ella no podía dar un paso atrás.

Cerró los ojos, esperando, experimentando un millón de sensaciones distintas. Se sentía impotente, incapaz de resistirse. El aroma de su colonia masculina, el calor de su cuerpo, su proximidad.

Cuando Marc se apoderó de sus labios se inclinó hacia él, poniendo las manos en la fuerte columna de su cuello. Solo la camisa de algodón la separaba de la cálida piel masculina. No podía parar, no quería hacerlo. Estaba ahogándose en el beso, incapaz de apartarse, de encontrar la cordura que necesitaba...

Y entonces, abruptamente, Marc se apartó. Dio un paso atrás y dejó caer las manos a los costados.

Tara lo miró, mareada, con el corazón latiendo violentamente. No tenía fuerzas. Lo oyó hablar, pero el tono ronco, sensual, había desaparecido. Su tono era helado, cortante como un cuchillo.

–Esto no debería haber pasado.

Para Tara fue como una bofetada, pero la hizo reaccionar por fin. Y recordar lo que le había permitido hacer.

Nerviosa, dio un paso atrás mientras Marc salía

del baño y cerraba la puerta sin decir una palabra
más.

Dejándola sola, con el corazón acelerado, sin oxígeno en los pulmones, sus palabras haciendo eco en
sus oídos.

Marc bajó por la escalera sacudiendo la cabeza.
Dieu ¿se había vuelto loco? ¿No se había advertido
repetidamente que debía controlar esa absurda atracción?

Estaba furioso consigo mismo, aunque era una
furia que agradecía porque borraba el recuerdo de
aquel beso irresistible.

«Deberías haberte resistido. Debes hacerlo. Ella
no está aquí para tal propósito. Sería una locura dejarse llevar».

Sí, sería una locura dejarse llevar por el deseo que
había sentido desde que vio a aquella mujer tan bella. Pero no podía seguir pensando en ella. Solo en el
trabajo, eso lo mantendría a raya.

Los mercados asiáticos estarían a punto de abrir y
eso lo mantendría ocupado hasta que estuviera lo
bastante cansado como para irse a la cama.

Solo.

Marc apretó los labios. Completamente solo.

Y debía seguir siendo así. Cualquier otra cosa
sería una locura que no pensaba cometer.

Capítulo 5

TARA estaba en el jardín de la última villa que acababan de visitar, fingiendo un entusiasmo que no sentía, aunque eso era preferible a recordar el desastroso beso.

Suspiró para sus adentros. ¿Había sido una locura dejar que Marc la besara? ¿Por qué lo había permitido? ¿Por qué no lo había detenido? ¿Por qué no lo había mandado al infierno?

«¿Por qué le devolví el beso?».

Furiosa consigo misma, intentó catalogar las razones por las que haberlo besado era un error garrafal. Empezando por la que siempre recordaba desde que cometió aquel terrible error con Jules.

«Los hombres que me ven solo como una modelo son desastrosos. Yo no voy a ser el trofeo de nadie».

Pero, a pesar de esa advertencia, vaciló. ¿No sabía que Marc Derenz no necesitaba una mujer trofeo? ¿Y no era peor por eso? ¿Porque pensaba que todas las mujeres estaban locas por él?

Tara apretó los labios. Bueno, pues ella no. Y tampoco necesitaba advertencias.

«Esto no debería haber pasado».

Y no volvería a pasar, desde luego. Soportaría el

resto de la semana, tomaría su dinero, se iría de allí y no volvería a pensar en Marc Derenz.

Pero hasta entonces tendría que ser fuerte y limitarse a hacer su papel.

–Cuatro de los dormitorios no tienen balcón –comentó.

Sin mirarla siquiera, Celine se volvió hacia Marc.

–¿Qué te parece, Marc? –le preguntó haciendo un puchero–. ¿Importa que no todos los dormitorios tengan balcón?

–No lo sé –respondió él con indiferencia mientras miraba el reloj–. ¿No os parece que es hora de comer?

Tara esbozó una sonrisa. Marc estaba aburrido e irritado, pero en esa ocasión ella no era la culpable. Además, al menos cuando estaba de mal humor no intentaba besarla.

Durante el almuerzo, en un carísimo restaurante de Niza, observó a Celine intentando coquetear con él, tocándolo constantemente, haciendo pucheros, riendo de un modo íntimo y pestañeando como una colegiala.

Pero no servía de nada.

Marc era como un bloque de piedra, su expresión era tan iracunda que Tara tuvo que contener una carcajada. Ella, por su parte, hacía lo posible para llamar la atención de Celine, hablando sobre las casas que habían visto y las que iban a ver por la tarde.

Estaba allí para obstaculizar los avances de la rubia y eso era lo que iba a hacer. Además, la situación era completamente ridícula. Marc tenía que animarse un poco.

Cuando Celine llamó a un camarero para protestar a saber por qué, Tara puso los ojos en blanco y Marc la pilló haciéndolo. Sacudió la cabeza en un gesto resignado y, por un momento, solo por un momento, le pareció ver un brillo en sus ojos grises. Y no era un brillo de advertencia para que se comportase.

No, era un brillo de algo que no había visto antes: humor.

Vaya, ¿el insoportable Marc Derenz tenía sentido del humor? Pero si era así, no volvió a verlo.

Después del almuerzo, Celine suplicó a Marc que la llevase a Montecarlo. Él aceptó, a regañadientes, y Tara se alegró de la excursión. Eso era mejor que visitar casas. Además, nunca había estado en Montecarlo y le encantó ver el palacio y el famoso casino.

—Aquí es donde los tontos pierden su dinero —comentó Marc, irónico.

—Aunque algunos tontos se convierten en millonarios —dijo ella.

—Los ganadores ganan a los jugadores que pierden. No hay dinero gratis en este mundo.

—A menos que te cases con alguien que tiene dinero —replicó Tara, mirando a Celine de soslayo.

La rubia, que estaba entrando en un lujoso centro comercial frente al casino, no se dio por aludida. Cuando Tara iba a seguirla vio que Marc fruncía el ceño e imaginó que era porque tenía que enfrentarse con algo que todos los hombres odiaban: ir de compras.

—Ármate de valor, Marc, sé valiente —bromeó, apretando su brazo.

Solo había querido gastar una broma para volver a ver ese brillo de humor en sus ojos, esa grieta en su armadura, pero no sirvió de nada porque Marc apartó su mano y entró en el centro comercial con cara de pocos amigos.

Había sido una tontería hacer eso, y no porque lo hubiese enfadado más sino porque era un error tener contacto físico con aquel hombre. Después de lo que había pasado la noche anterior, después del beso… el desastroso y peligroso beso.

No, cualquier contacto físico que no fuera absolutamente necesario para hacer su papel estaba totalmente prohibido. Ni siquiera para tomarle el pelo. Era demasiado arriesgado.

Porque, por antipático y exasperante que fuese Marc Derenz, ella era demasiado vulnerable a su atractivo.

–¡Señorita Mackenzie, qué alegría conocerla!

Hans Neuberger estrechó alegremente la mano de Tara. Tenía un rostro simpático, pensó ella. No era guapo y debía tener más de cincuenta años, veinte más que su mujer, pero sus ojos eran amables.

–Encantada, señor Neuberger. Pero llámame Tara, por favor.

–Y tú a mí Hans.

El hombre iba a besar a Celine en los labios, pero ella apartó la cara, ofreciéndole la mejilla, y Tara pensó que era tonta por tratar a su agradable marido con tanta indiferencia.

–¡Hans, cuánto me alegro de verte!

Marc acababa de entrar en el salón y le ofreció su

mano al recién llegado. Vaya, de modo que era capaz de sonreír. Una sonrisa de verdad, no la mueca cínica que había visto algunas veces. Una sonrisa que llegaba hasta sus ojos e iluminaba todo su rostro.

Tara se quedó sin aliento.

El gesto aburrido e impaciente había desaparecido. Parecía otra persona. Cuando Marc Derenz sonreía era como si el sol saliese entre las nubes.

Siguió mirándolo, sorprendida, notando que su pulso se había acelerado tontamente, tal vez porque la sonrisa de Marc suavizaba sus facciones y ponía un brillo en sus ojos.

¿Y si le sonriese así a ella?

No, pensó. Era muy difícil soportar el injusto impacto que ejercía en ella cuando se mostraba malhumorado. No quería ni pensar lo que pasaría si fuese amable y cariñoso.

Durante la cena, intentó centrar su atención en el marido de Celine. Era increíble que Hans Neuberger, una persona tan amable, se hubiera casado con una arpía como ella. El hombre parecía dolido y sorprendido por la actitud desdeñosa de su mujer y Tara hizo lo posible por distraerlo.

—Marc me ha contado que tu empresa tiene la oficina central en Frankfurt. Por desgracia, no sé mucho sobre esa ciudad, solo que hay una estupenda feria de libros anual. Ah, y que allí nació Goethe.

El rostro de Hans se iluminó.

—Nuestro hijo más querido y el poeta más famoso de Alemania.

—Por favor, Hans, no empieces a aburrirnos con la poesía —lo interrumpió Celine—. ¿A quién le importa?

El desabrido comentario dejó a Hans atónito y Tara, sintiendo compasión por él, salió en su defensa.

–Me temo que yo sé poco sobre la poesía alemana. No la estudié en el curso de Literatura en la universidad, pero me encantaría saber algo más.

–Hablando de la universidad –intervino Marc–. ¿Tu hija Trudie ha terminado la carrera?

Estaba hablando con Hans, pero la miraba a ella de soslayo. Y en sus ojos había un brillo de agradecimiento. Agradecimiento, evidentemente, por salir en defensa de su amigo.

Durante el resto de la cena hizo lo posible para que Hans no tuviese que soportar a su desagradable esposa, hablando de Goethe y otros poetas románticos, comparándolos con los poetas ingleses de la misma época. Marc se unió a la conversación hablando de la poesía francesa.

Celine parecía de mal humor. Tara no sabía si por haber quedado fuera de la conversación o porque había llegado su marido. No lo sabía y le daba igual, pero la presencia de Hans no parecía interponerse con sus planes de conquistar a Marc y seguía concentrando toda su atención en él.

Y siguió haciéndolo descaradamente al día siguiente. Los arrastró a ver más casas y luego insistió en ir a Cannes para visitar las lujosas boutiques de la Croisette.

–De verdad es la mujer más insoportable que he conocido nunca –le dijo a Marc en voz baja–. No entiendo cómo el pobre Hans se ha casado con ella.

–Es como una sanguijuela –asintió él–. Y Hans es demasiado bueno.

–¿De verdad no ve qué clase de persona es?

–Los hombres pueden ser muy ciegos cuando se trata de las mujeres.

Tara lo miró con curiosidad. No podía referirse a sí mismo, seguro. Un hombre como Marc Derenz estaba hecho de granito. Ninguna mujer podía afectarlo.

–Marc, *chérie* –lo llamó Celine–. Tú tienes un gusto impecable. ¿Crees que debería comprar este vestido?

–Mejor pídele consejo a Hans –respondió él.

–Hans no sabe nada de moda –replicó Celine.

Tara tomó un bolso de una estantería.

–Este bolso iría perfecto con el vestido –le dijo.

La rubia parecía debatirse entre rechazar cualquiera de sus sugerencias y su avaricia por el brillante bolso. Triunfó esto último y se lo quitó de las manos.

–Urraca, además de sanguijuela –murmuró Tara.

¿Marc había sonreído de nuevo o era cosa de su imaginación? Por suerte, con el bolso pagado y guardado en una elegante caja, estaban listos para volver a la villa, donde les esperaba otra incómoda cena, con Celine descontenta porque Marc había vetado su repetida sugerencia de ir al casino.

Pero el humor de la rubia mejoró cuando, después de cenar, recibió una llamada.

–Eran los Astaris. Están en su yate en Cannes y van a organizar una fiesta mañana –anunció–. ¡Pero no tengo nada que ponerme! Llévame a Montecarlo mañana, Marc. Necesito comprar un vestido para la fiesta. Seguro que a Tara no le importará quedarse aquí con Hans, hablando de poesía.

La artimaña para estar a solas con Marc fracasó y, a la mañana siguiente, fueron a Montecarlo los cuatro. En esa ocasión, con la ayuda de una compradora personal, Celine salió triunfante del probador con un vestido de lamé dorado que le costaría una fortuna a su marido. Después, exigió que comiesen en el mejor hotel del principado, frente a los lujosos yates atracados en el puerto, y se dedicó a incordiar a Hans para que comprase uno similar.

Tara, compadeciéndose de él, interrumpió las impertinencias de su mujer.

–¿Qué hay en Montecarlo además del casino, tiendas de lujo y yates?

El rostro de Hans se iluminó.

–El jardín botánico es famoso en todo el mundo.

–¿Tenemos tiempo para visitarlo?

Ya que estaba allí sería agradable ver algo de la Costa Azul que no fuesen casas, tiendas y restaurantes.

–¡Qué buena idea! –exclamó Celine–. Hans, tú ve con Tara a visitar los jardines y Marc y yo…

–¿No querías comprar un yate? –la interrumpió Marc, para no quedarse a solas con ella.

Celine se enfurruñó visiblemente y luego ordenó a Hans que fuese a buscar al mejor bróker náutico del principado. El hombre se levantó para hablar con el conserje del hotel y, animándose ante la ausencia de su marido, aunque fuese temporal, Celine se inclinó hacia Marc para poner una mano en su brazo.

–Un yate es esencial, imagino que estarás de acuerdo. Tienes que ayudarme a convencer a Hans, *chérie*.

Había una nota acariciadora en su voz y en la mano de uñas rojas que apretaba el brazo masculino. Su rostro, exageradamente maquillado, estaba demasiado cerca del rostro de Marc, sus ojos brillantes de lujuria y, de repente, sin saber por qué, Tara decidió que ya estaba harta.

Había algo en aquella mujer que le parecía repelente. No debería molestarle que tocase a Marc de ese modo, pero le molestaba. De hecho, la ofendía.

Esbozando una sonrisa cínica, se inclinó hacia ella.

—Celine —empezó a decir con un tono falsamente dulce, pero con una firmeza que podría cortar acero—. Llámame anticuada si quieres, pero preferiría que apartases tus manos de Marc.

Celine giró la cabeza, mirándola con gesto venenoso.

—Vaya, qué posesiva. Cualquiera diría que tienes planes para él.

Era una provocación y Tara abrió la boca para responder, pero no pudo decir nada. Sintió un dardo de emoción que no debería estar allí, que no debería existir en absoluto.

Y entonces, de repente, Marc interrumpió sus pensamientos. Tomó su mano y, antes de que se diera cuenta de lo que iba a hacer, inclinó la cabeza para besar la suave piel de su muñeca, despertando a la vida un millón de terminaciones nerviosas.

—Espero que Tara tenga muchos planes para mí. Planes muy posesivos —lo oyó decir—. Porque, desde luego, yo los tengo para ella.

Los ojos oscuros se clavaron en los suyos. ¿Estaba intentando enviarle un mensaje? No lo sabía porque el roce de sus labios en la muñeca estaba provocando fuegos artificiales.

Sintió que apretaba su mano y enredaba los dedos con los suyos, mirando fijamente a Celine con una sonrisa implacable.

–Tú vas a ser la primera en saberlo: Tara es mi prometida.

¿Prometida? Tara no daba crédito. ¿De dónde había salido eso?

Miró a Marc, tan sorprendida por la bomba que acababa de soltar como por el posesivo roce de su mano.

–¿Tu prometida? –repitió Celine, airada–. Lo dirás de broma.

Su desdén le dolió porque era un eco del desdén que había mostrado Marc cuando le dijo que no se hiciese ilusiones, que aquello solo era un papel.

Y eso era lo que debía recordar.

Porque Marc no la deseaba de verdad, solo estaba haciendo teatro para evitar los coqueteos de otra mujer. Como debía hacerlo ella.

De modo que, sonriendo, levantó una mano para tocar su mejilla y buscó sus labios en un beso posesivo, ardiente de pasión y deseo…

No sabía cuánto había durado el beso, pero el tiempo parecía haberse detenido. Solo existía la sensación de la boca de Marc, su sabor, su aroma, la debilidad que la sobrecogió mientras el deseo la envolvía…

Mareada, se apartó, intentando recuperar el sentido común. Su corazón latía con violencia, pero tenía que decir algo, cualquier cosa.

Celine quería pruebas del compromiso e iba a tenerlas.

—Pensábamos mantenerlo en secreto, ¿verdad, cariño?

No podía mirar a Marc a los ojos, no se atrevía a hacerlo. Pero era esencial que interpretase su papel, por acelerado que estuviera su pulso después de ese loco beso.

—No le digas nada a Hans —le advirtió a Celine—. Marc quiere decírselo personalmente antes de hacer el anuncio oficial.

La expresión de la rubia era como si se hubiese tragado un escorpión. Hans volvió a la mesa entonces y empezó a decir algo sobre la empresa de venta de yates, pero Celine lo interrumpió con su habitual tono grosero.

Tara miró al hombre al que acababa de besar con tan apasionado abandono.

Pero también Marc la había besado.

Capítulo 6

MARC empujó la puerta que conectaba las dos habitaciones y entró en el dormitorio de Tara. No podía creer lo que había pasado. Decirle a Celine que Tara era su prometida y luego dejar que lo besara de ese modo…

¿Se había vuelto loco?

Sí, debía ser eso. Pero tenía que haber otra forma de conseguir que la mujer de Hans lo dejase en paz. Él mismo se había sorprendido al hacer el memorable anuncio y ahora tenía que dejarle absolutamente claro que había hablado por impulso, exasperado por la actitud de Celine. Era un medio para lograr un fin, nada más que eso. Ser su prometida era tan ficticio como todo lo demás.

Pero ese beso no había sido ficticio en absoluto. Todo lo contrario, había sido devastadoramente real.

Pero no podía arriesgarse con Tara, la mujer a la que iba a pagar diez mil libras para que se hiciera pasar por su prometida.

«No puedo arriesgarme. No puedo dejar que piense que puede haber un sitio para ella en mi vida. No quiero que desee que nada de esto sea real».

Estaba sentada frente al tocador, pintándose los labios. Parecía a gusto en la villa, en el lujoso dormitorio, con sus muebles art déco, los fabulosos cuadros, las obras de arte de famosos artistas que había adquirido por precios atmosféricos en distintas subastas.

Tara parecía perfecta en ese escenario, como si aquel fuera su sitio.

«Pero no lo es. La he contratado para que haga un papel y que el papel se haya convertido en el de mi prometida no cambia nada».

Eso era lo que debía recordar: que el deseo que sentía por ella era algo que no podía permitirse.

Sin embargo, era tan bella. El vestido de noche, con cuello *halter*, dejaba su espalda al descubierto y acariciaba los contornos de su espectacular figura. Su gloriosa melena caía sobre los hombros con abandono.

Ella giró la cabeza al oírlo entrar y dejó la barra de carmín sobre la bandeja.

—Tenemos que hablar —dijo Marc, con un tono más brusco del que pretendía.

Tara levantó la barbilla, desafiante.

—No me mires de ese modo —le espetó, levantándose de la silla—. Sé que he sido impulsiva besándote así, pero…

Marc dio un paso adelante y la tomó por los hombros. Había tenido que esperar varias horas hasta ese momento, soportando a Celine, intentando convencer a Hans para que no se gastase una fortuna en un yate que no quería. Luego, el viaje de vuelta a la villa y la desaparición de Tara para ducharse y arreglarse antes de la cena. No iba a esperar más.

—Ha sido completamente innecesario.

–Ya sé que era innecesario –replicó Tara, apartándose–. Pero acababas de decir que era tu prometida, así, de repente, sin advertirme. Tenía que hacer algo para convencer a Celine.

–*Dieu*, desde luego parecía real. Casi nos aplauden –dijo Marc–. Pero Hans no debe saber nada de esto, ¿lo entiendes? Porque no es real, Tara, no lo es. No hay ninguna relación entre nosotros, ningún compromiso. Y no quiero que pienses lo contrario.

–Pues claro que no –replicó ella–. ¿Por qué iba a pensarlo? Sé muy bien lo que estamos haciendo.

–Entonces pórtate como si así fuera –replicó él, intentando calmarse. Porque si no lo hacía…

Tara respiraba agitadamente, echando chispas por los ojos. Era tan increíblemente bella que deseaba tomarla entre sus brazos, apoderarse de esos sedosos labios…

No se atrevía, de ningún modo. Sería una locura. De modo que tomó aire y levantó una mano para silenciarla cuando abrió la boca para decir algo.

–Muy bien, tienes razón, debería haberte advertido. Acepto que solo reaccionaste ante esa inesperada noticia, pero aunque le he dicho a Celine que eres mi prometida, no quiero que Hans lo sepa –Marc tomó aire de nuevo, pasándose una mano por el pelo–. Porque él lo creería.

Si Hans creía que estaba prometido con Tara habría problemas y malentendidos. No podría explicarle la situación. No podría explicarle que solo lo había dicho por desesperación, para convencer a Celine de que abandonase toda esperanza de tener una aventura adúltera con él.

–Hemos hecho creer a Celine que estamos comprometidos, pero que quiero contárselo a mi amigo personalmente antes de hacer el anuncio oficial. Y, por eso, seguiremos adelante con esta farsa, aunque no me apetece nada. Tendremos que aguantar a los insoportables amigos de Celine y su horrible fiesta.

Por un momento, ella parecía a punto de discutir, algo que ningún empleado se atrevería a hacer. Y Tara no era diferente a cualquier otro empleado. Eso era lo que debía recordar. Y lo que ella tenía que recordar.

Pero, por fin, Tara dio media vuelta, abrió la puerta y salió de la habitación sin decir nada. Marc se colocó a su lado para bajar por la escalera.

–Sonríe –la apremió en voz baja–. Recuerda que eres mi prometida.

Ella esbozó una sonrisa tensa, forzada.

Celine ya estaba en el salón, ataviada con su llamativo vestido de lamé dorado, ignorando a Hans por completo y fulminando a Tara con la mirada, más rabiosa que nunca con la mujer que ella creía se había puesto en su camino.

Marc apretó los labios. Bueno, tal vez el anuncio y el beso de Tara habían conseguido el objetivo. Aunque seguía furioso con ella por haber tenido la temeridad de hacer tal cosa sin consultar con él.

Esa furia, y tener que soportar la fiesta con los amigos de Celine, hacía que estuviese más malhumorado que de costumbre.

–¿Nos vamos? –preguntó, entre dientes.

Su humor no mejoró cuando subieron al yate, iluminado como un árbol de Navidad, con la música a todo volumen y la cubierta llena del tipo de gente que más le desagradaba, aquellos que presumían de dinero con el peor gusto posible.

Celine, sin embargo, estaba en su elemento. Se olvidó de Hans en cuanto subieron al yate y empezó a beber champán como si fuese agua. Marc la vio coquetear descaradamente con otros hombres e hizo lo posible para charlar con Hans, evitando mirar o hablar con nadie más.

Incluida Tara, que estaba a su lado, en silencio. En parte por la música, en parte porque él estaba deliberadamente hablando de negocios con Hans para que su amigo no viera a su mujer tonteando con otros hombres.

Pero, pese a sus esfuerzos por ignorarla, le llegaba la fragancia de su perfume, podía oír el frufrú de su vestido cuando cambiaba de postura y tenía que hacer un esfuerzo para no girar la cabeza…

No sabía si era por el hipnótico ritmo de la música, por el champán que estaba tomando para soportar aquella tortura o por el ocasional roce de su brazo desnudo, pero al final no pudo resistirse.

No sabía por qué, solo sabía que tener a Tara a su lado era un tormento.

«La deseo. Es una locura desearla, y lo sé, pero da igual. No sé lo que tiene, pero me hace olvidar las reglas que he respetado durante toda mi vida».

–Marc, *chérie*, baila conmigo.

Celine lo tomó del brazo para llevarlo a la pista de baile, abrumándolo con su molesto perfume.

–Baila con Hans –dijo él, apartándose–. Yo voy a bailar con Tara.

Lamentó haber dicho eso inmediatamente. Lo último que quería era tener a Tara entre sus brazos, pero era demasiado tarde.

–¿Bailamos, *mon ange*? –le preguntó, diciéndole con la mirada que no podía negarse.

Vio que se ponía tensa, notó su desgana de bailar con él y eso aumentó su enfado.

Pero la tomó por la cintura y la guio hacia la pista de baile. Tiesa como un palo, ella le puso los brazos sobre los hombros, casi sin tocarlo.

Estaba muy seria, como si bailar con él le resultase repugnante.

–Celine está mirando y tenemos que hacerlo creíble –le advirtió–. Después de todo, estamos prometidos, ¿no? Así que baila, *mon ange*.

Era una provocación deliberada y Marc experimentó una perversa satisfacción al saber que solo había una razón por la que Tara no quería hacer que aquello pareciese real.

Y no era porque le pareciese repugnante, al contrario.

Era hora de dejar las cosas claras y si eso servía para convencer a Celine, mejor que mejor. Aunque en ese momento le importaba un bledo la mujer de Hans.

En ese momento otra intención, otro deseo, lo tenía consumido.

Marc tiró de ella, apretándola contra su torso, deslizando una mano por su espalda desnuda, sintiendo el calor de su cuerpo.

Ella se resistió durante unos segundos, como si no quisiera ceder, pero él notó que temblaba. Luego, dejando escapar un suspiro, cedió por fin y se apretó contra él, enredando las manos en su cuello.

Sintió que sus pezones se endurecían bajo el vestido, sintió que su propio cuerpo reaccionaba como lo haría el de cualquier hombre al tener una mujer así entre sus brazos.

Una mujer que lo volvía loco de deseo.

La aplastó contra su torso, guiándola con el lento y sensual ritmo de la canción. La oyó contener el aliento. Sus labios estaban tan cerca. Sintió que inclinaba la cabeza casi sin darse cuenta…

Deseaba tanto rozar ese terciopelo que había probado una vez. Lo ansiaba con un deseo inesperado, anhelaba saciarse de ella. La apretó más, sabiendo que Tara percibía cuánto la deseaba. ¿Cómo no iba a saberlo estando tan cerca?

Murmuró su nombre con voz ronca de deseo. Era un alivio tenerla por fin entre sus brazos, tenerla apretada contra su cuerpo, tan cerca como era posible. Si estuviese más cerca haría el amor con ella.

El resto del mundo desapareció. Hans, Celine, los invitados a la fiesta. Solo existía Tara, la mujer que lo dejaba sin respiración desde la primera vez que la vio. La mujer a la que deseaba como no había deseado a ninguna otra.

Vio que sus pupilas se dilataban, vio el brillo de esos increíbles ojos de color verde azulado. Inclinó más la cabeza, buscando el dulce terciopelo de sus labios, ansioso por sentir que se abrían para él, que ella cedía una vez más. El deseo era como lava dentro de él.

Y entonces, abruptamente, Tara se apartó y en sus

ojos no había un brillo de deseo sino todo lo contrario. Bajó las manos y dio un paso atrás. Parecía estar tambaleándose mientras lo miraba con gesto furibundo.

–La música ha parado –pronunció esas palabras como si fueran una sentencia–. Y si vuelves a hacer eso…

No terminó la frase. En lugar de eso, tomó una copa de champán de una bandeja y le dio la espalda.

–¿Una pelea de enamorados? Vaya, vaya –dijo Celine, a su lado, con un tono de falsa simpatía que no podía esconder su rencor.

Marc la ignoró, sin dejar de mirar la espalda de Tara. Sus sentidos seguían encendidos y cuando la música empezó a sonar de nuevo, a todo volumen, se volvió hacia Hans.

–Vámonos de aquí –le dijo.

Volvieron al puerto, donde los esperaba su conductor para llevarlos de regreso a la villa.

Tara fue la primera en subir a la limusina y se puso el cinturón de seguridad con los labios apretados, alejándose de él todo lo que era posible en el interior del coche. Marc vio que Celine miraba de uno a otro, estudiando la expresión de Tara, su hostil lenguaje corporal.

Pero le daba igual. Que pensara lo que quisiera. Él tenía otros problemas.

En cuanto llegaron a la villa, Tara subió por la escalera a toda prisa y la oyó cerrar la puerta de su dormitorio. Hans también se despidió y Marc buscó santuario en su despacho para alejarse de Celine, que había entrado en el salón para servirse una copa.

Estaba abriendo la puerta cuando ella lo llamó:

–Marc, *chérie*, pobrecito mío.

Celine se dirigía hacia él con una copa en la mano y los ojos vidriosos, triplicando su mal humor. Aquello era lo último que necesitaba.

–Perdona, pero tengo trabajo que hacer.

Sin hacerle caso, Celine puso una mano sobre su hombro. El olor de su perfume era repulsivo, sus pechos, casi expuestos bajo el vestido dorado, aún más.

Marc apartó su mano y la empujó suavemente, pero Celine no parecía dispuesta a dejarse amedrentar. Podía oler el alcohol en su aliento, mezclándose con el desagradable perfume.

–No te cases con ella, Marc. No es la mujer apropiada para ti y tú lo sabes. Cree que puede tratarte como lo ha hecho esta noche, apartarte así delante de todos. Una mujer así no te conviene, *chérie*.

Dio un paso hacia él, intentando tocarlo de nuevo, pero Marc sujetó su muñeca, manteniéndola a distancia.

–Me deseas, Marc, yo sé que es así. Y podríamos pasarlo tan bien… deja que te lo demuestre.

–¿Debo recordarte que estás casada con Hans?

Demonios, ¿iba a tener que quitarse de encima a Celine, con su depravada libido desinhibida por el alcohol?

–¿Hans? –replicó ella, haciendo una mueca de disgusto–. Hans no significa nada para mí. Nada. No debería haberme casado con él, no lo soporto. No soporto que me toque. Es viejo, patético y aburrido. Quiero divorciarme de él, apartarlo de mi vida. Yo quiero un hombre como tú, Marc.

Él dio un paso atrás, disgustado.

–Vete a la cama, Celine. Duerme la borrachera. No estaría interesado en ti aunque no estuvieses casada con Hans.

Ella dejó escapar un grito de incredulidad y rabia, pero Marc entró en su despacho y cerró la puerta. Y echó el cerrojo porque no confiaba en la rubia.

Mascullando palabrotas, maldijo a Celine y al mundo entero, furioso porque arriba, en el dormitorio, estaba la única mujer a la que deseaba.

Y que lo atormentaba como ninguna otra.

Tara despertó de un sueño que no se atrevía a recordar.

«No puedo soportar esto, no lo soporto más».

Hacer ese papel con Marc, actuar y mantenerlo a distancia al mismo tiempo. Decirse a sí misma una y otra vez que solo era un papel, nada más que eso.

Pero no era así. No podía seguir engañándose a sí misma.

El recuerdo de ese baile lento seguía quemándola. El deseo los había traicionado, demostrando que ninguno de los dos estaba actuando en realidad.

No, no debía pensar eso. No debía recordar. Solo estaba allí para proteger a Marc Derenz de la mujer de otro hombre. Y lo hacía por dinero, como una empleada. Lo demás no era real, daba igual lo que dijeran sus cuerpos.

¿Qué más daba que no pudiese evitar reaccionar cuando estaba con él, que no pudiese controlar las chispas que surgían cuando estaban cerca? Daba igual, era un trabajo, nada de aquello era real.

Y aunque fuese real, se dijo a sí misma, ella no podía dejar que lo fuese. Ella era una extraña en aquel mundo. Su vida estaba en Inglaterra y, además, estaba a punto de mudarse a Dorset. Ese era su sueño: empezar de nuevo, dejar el mundo de la moda, alejarse de la órbita de hombres como Marc Derenz. Por poderoso y devastador que fuese el impacto que ejercía en ella.

Dejando escapar un suspiro, se levantó de la cama para ir al cuarto de baño. Le esperaba otro día insoportable y sería mejor que empezase a prepararse.

Sin embargo, cuando bajó al salón media hora después notó que parecía haber un ambiente diferente. Todo estaba muy silencioso y cuando salió a la terraza donde se servía el desayuno no oyó la dominante voz de Celine.

Solo estaba Marc, tomando un café mientras leía el periódico.

–¿Dónde están Hans y Celine? –le preguntó mientras se sentaba a la mesa.

Había esperado un encuentro incómodo después de lo que había pasado por la noche y se llevó una sorpresa al no ver a los invitados.

Marc levantó la mirada. No la había oído salir a la terraza y sus ojos se clavaron en ella como imanes.

–Se han ido –respondió.

Tara frunció el ceño.

–¿Han ido a ver casas?

Marc dejó el periódico sobre la mesa. Su estado de ánimo no podía ser más diferente al de la noche anterior, cuando subió a su habitación intentando olvidarse de Celine borracha y del tormento que Tara había provocado.

La noticia que había recibido esa mañana lo había puesto de muy buen humor. Tan de buen humor estaba que había tomado una decisión.

Hans y Celine se habían ido y, con su deseo por Tara atormentándolo día y noche, solo había una decisión que tomar y al demonio con las interminables advertencias. Al demonio con todo.

Ella estaba mirándolo con sus ojos de color verde azulado, con ese rostro increíblemente hermoso, los labios entreabiertos, el ceño fruncido.

–No –respondió.

Había cierta emoción en su voz y Tara debió darse cuenta porque su expresión cambió de repente.

–¿Vas a contarme qué pasa?

–Hans se ha ido a Frankfurt para consultar con su abogado porque va a divorciarse. Y Celine… no sé dónde ha ido y me da igual. Seguramente estará buscando otro abogado.

–¿Van a divorciarse? –exclamó Tara.

–Sí –respondió Marc, con una sonrisa en los labios; una sonrisa genuina, auténtica.

Y no fue solo la sorpresa de lo que había dicho sino esa sonrisa inesperada y nueva lo que aceleró su corazón.

–No lo entiendo.

Él levantó su taza de café.

–Lo hemos conseguido, Tara. El anuncio de que eras mi prometida y tu convincente beso han resuelto el problema –le dijo, con ese tono tan diferente al que había usado hasta ese momento–. Anoche, Celine intentó hacer un último y desesperado intento de seducirme. Cuando volvimos a la villa decidió soltarse el pelo y se me echó encima. Me dijo que no quería saber nada de Hans, que solo me quería a mí. Por suerte, aunque yo no lo sabía, Hans estaba escuchando la conversación desde la escalera. La oyó decir que quería divorciarse, así que él mismo va a pedir el divorcio.

–Vaya, me alegro mucho por él –dijo Tara.

–Yo también. Celine intentará quedarse con todo lo que pueda, pero Bernhardt se encargará de que reciba lo menos posible –le contó Marc–. He hablado con él por teléfono y me ha dado las gracias. Y yo tengo que darte las gracias a ti, Tara.

En su expresión había algo que aceleró el pulso de Tara. Era tan… diferente.

–No tienes por qué –murmuró.

–Claro que sí. No tengo que decirte que todo esto ha sido una tortura para mí, pero gracias a Dios ha terminado.

En su cabeza, Marc oyó la última de las advertencias; la oyó y las desestimó. Había llegado hasta allí, había soportado tanto que no quería escuchar más a la voz de la razón. Hans y Celine se habían ido, pero Tara. Ah, Tara estaba allí y allí era exactamente donde la quería.

Estaba dispuesto a dejarse llevar. No iba a resistirse más. No podía hacerlo. Sí, era una mujer con la que no debería mantener una relación, pero el destino los había llevado hasta allí y no iba a negar lo que había entre ellos.

Hasta el momento habían hecho un papel, pero a partir de esa mañana él lo haría rabiosamente real. Era lo único que quería, lo único que lo consumía.

Tara lo miraba con gesto inseguro y algo más; algo que le decía que él no iba a ser el único que iba a dejarse llevar por el deseo que había entre ellos desde el principio.

Marc esbozó una sonrisa de anticipación. No por el alivio de haber resuelto el problema con Celine sino al pensar que Tara y él estaban solos y podían hacer lo que quisieran.

Sonriendo, se sirvió otro café y un cruasán.

—Ahora tenemos que decidir cómo vamos a celebrar habernos librado de la insoportable Celine.

Tara estaba atónita por la noticia de que Hans y Celine iban a divorciarse, pero más aún por aquel nuevo Marc. Era una persona diferente. El hombre serio y malhumorado había desaparecido y ahora irradiaba buen humor y satisfacción.

Lo vio arrellanarse en la silla, estirar sus largas piernas bajo la mesa, totalmente relajado.

¿De verdad era el Marc Derenz del ceño fruncido y la constante expresión de enfado?

—¿Qué te gustaría hacer ahora que tenemos el día solo para nosotros? —le preguntó.

—¿Qué quieres decir? Si Celine y Hans se han ido, yo debería volver a Londres.

—¿Por qué?

—Porque ya he hecho mi trabajo y no tiene sentido que me quede aquí más tiempo.

—No tienes por qué irte enseguida. Vamos a disfrutar del día, ¿te parece? ¿Qué te gustaría hacer?

¿Conoces bien el sur de Francia? Quiero decir, aparte de las tiendas de la Croisette. Yo podría enseñarte los sitios que merece la pena conocer.

Tara no sabía qué decir. Aquel era un Marc Derenz al que no conocía. Uno que era capaz de sonreír, que irradiaba buen humor, que parecía desear su compañía y no como un escudo contra Celine.

—No sé, Marc. ¿Por qué quieres que me quede? ¿Y en calidad de qué?

—No te entiendo —dijo él.

—¿Como empleada o como qué? ¿Se supone que debo seguir haciendo el papel o…?

—Quédate porque Celine y Hans se han ido y porque vamos a celebrarlo. Y a celebrar que Hans va a divorciarse. Quédate por la razón que quieras.

Parecía irritado y, por alguna razón, eso la hizo reír.

—Ah, bueno, eso está mejor. Pensé que el nuevo y mejorado Marc Derenz era demasiado bueno para ser verdad.

Él dejó escapar un suspiro.

—Tú me provocas como nadie.

—Es fácil picarte —dijo ella.

El aleteo seguía, llenándola de una sensación de libertad, de aventura.

Marc sacudió la cabeza, riendo.

—No estoy acostumbrado a que me lleven la contraria —admitió.

—¿No me digas? Nunca lo hubiera imaginado.

—¿Qué tal si firmamos una tregua? No siempre soy un ogro, Tara. Me has visto en el peor momento porque no sabía cómo lidiar con Celine, pero también puedo ser agradable. ¿Por qué no te quedas unos días? Así verás lo agradable que puedo ser.

Tara tragó saliva, sintiendo un millón de aleteos en su estómago. Quedarse no sería buena idea. Sin embargo, quería hacerlo. Cuánto le gustaría hacerlo. ¿Pero en qué términos? Eso era lo que debía aclarar porque si no…

–Marc, estos días han sido… –empezó a decir, intentando encontrar las palabras adecuadas–. Bueno, ya sabes, yo estaba haciendo un papel.

–Sí, es verdad –asintió él–. Y es hora de terminar con esa confusión, ¿no te parece? Dejemos de actuar y empecemos de cero, a ver qué pasa –sugirió, mirándola con esos ojos oscuros–. ¿Qué dices, Tara?

Estaba esperando una respuesta y ella sintió que había dejado de respirar. Y sabía por qué. Estaban los dos solos, sin papeles, sin fingimientos. Era libre de tomar sus propias decisiones y estaba a punto de tomar una decisión que podría costarle cara.

Pero quería hacerlo, lo deseaba con todas sus fuerzas, y las palabras se formaron en su cerebro antes de que las pronunciase en voz alta.

«Es demasiado tarde para decir que no».

Como él había dicho, nada de papeles, nada de fingimientos, nada de actuar. Solo Marc y ella, a ver qué pasaba.

¿Y si lo que pasaba era que ella cedía a la poderosa atracción que sentía por él? ¿Sería un error tan grave?

Miró aquel sitio precioso, al atractivo hombre sentado frente a ella; un hombre que la atraía como ningún otro.

¿Sería tan malo experimentar con aquel hombre, la llevase donde la llevase esa experiencia?

«Nunca he conocido un hombre como él, un hombre que hace que me derrita».

«¿Por qué voy a decir que no?».

Había tomado una decisión y, temblando, asintió con la cabeza.

Lo vio sonreír con evidente satisfacción. Parecía encantado mientras empujaba una bandeja hacia ella.

–Toma un cruasán, Tara –sugirió–. Vamos a planear cómo pasaremos el día.

Capítulo 7

BUENO, ¿qué te parece?
Marc detuvo el coche en un mirador y apagó el motor. Era el vehículo que le gustaba conducir cuando estaba en la villa, un deportivo descapotable que se comía los kilómetros.

Se volvió hacia la mujer que estaba a su lado, mirándola con gesto de satisfacción. Sí, había tomado la decisión correcta. Sabía que así era, estaba seguro.

Que Hans hubiese aceptado que su matrimonio estaba roto había sido un alivio para él. Después de eso, había dicho lo que debía decir, había organizado su vuelo de vuelta a Frankfurt y lo había despedido con un abrazo, dejando a su ayudante a cargo del viaje de Celine mientras llamaba por teléfono a Bernhardt, jubiloso.

Y después, solo tenía que pensar en sí mismo. Aliviado, contento, había desayunado en paz, mirando hacia el balcón de la habitación de Tara.

Sabía que debía tomar una decisión. ¿Qué iba a hacer? ¿Enviarla de vuelta a Londres o…?

Pero sabía cuál era la respuesta. Lo había sabido durante días. Su asombrosa belleza era un reto. Suya, pero solo una ilusión.

Y no quería que fuese una ilusión. Quería que Tara dejase de interpretar el papel porque deseaba algo más, algo auténtico. Y cuando salió a la terraza esa mañana había tomado una decisión.

Tara no pertenecía a su mundo y de no haber sido por la insufrible Celine nunca se hubieran conocido. Estaba saltándose las reglas que se había impuesto a sí mismo.

Pero le daba igual.

La deseaba, le gustaba estar con ella, se sentía relajado, decidido a pasarlo bien. Le gustaba tenerla a su lado en el coche, vestida con una camiseta informal, unos *leggins* de algodón que abrazaban esas piernas interminables y unas simples sandalias. El pelo sujeto con un pasador y el rostro limpio de maquillaje. Pero ella no necesitaba maquillaje.

–La vista es fabulosa –estaba diciendo Tara–. Es una pena que haya tantas construcciones.

–Esta zona es víctima de la fiebre de la construcción. Por eso me gusta Cap Pierre, porque es la Riviera de antes de la guerra.

Se detuvieron en un pequeño albergue al que le gustaba ir cuando quería alejarse de su lujoso estilo de vida y, mientras comían, le contó que su abuelo organizaba grandes fiestas en la villa.

–Solía invitar a todo tipo de personajes, siempre importantes: pintores, cineastas, novelistas…

–Parece muy sofisticado –dijo Tara, sonriendo.

–Lo era, sí –asintió él–. Cuando era niño pasábamos los veranos aquí. Hans, su primera mujer y sus hijos solían venir a menudo a la villa, antes de que mis padres muriesen…

No terminó la frase porque era algo de lo que no solía hablar, pero Tara lo miraba con un brillo de comprensión en los ojos.

–¿Cómo murieron?

–En un accidente de helicóptero cuando yo tenía veintitrés años.

–Qué horror. Debió ser muy duro para ti.

Marc apretó los labios.

–Sí –se limitó a decir.

–Yo no puedo comparar, pero tengo cierta idea de lo que sufriste. Mis padres son militares y, como están destinados fuera del país, una parte de mí siempre temía… en fin, temía que no volviesen a casa. Ese miedo sigue ahí en cierto modo.

Marc pensó entonces que no sabía nada sobre ella. Solo conocía lo más superficial, esa fabulosa belleza que lo dejaba sin aliento.

–¿No vivías con ellos?

–No, me enviaron a un internado a los ocho años y pasaba las vacaciones con mis abuelos, en Dorset. Bueno, iba a ver a mis padres de vez en cuando, y ellos volvían a casa algunas veces, pero no los veía a menudo. Sigo sin verlos. Nos llevamos bien, pero en cierto modo somos… extraños.

Marc tomó un sorbo de vino. Vino de la casa, hecho en la viña del propietario del albergue, pero tan bueno como la sencilla comida. Se preguntó entonces si Tara habría preferido un restaurante caro, pero parecía contenta.

Era extraño estar a solas con ella, sin Celine y Hans distorsionándolo todo. Extraño y…

Muy agradable. Le gustaba estar con ella, conocerla. ¿Y por qué no? Pertenecían a mundos muy diferentes y eso era nuevo para él.

–Yo estaba muy unido a mis padres, por eso su muerte fue un golpe durísimo –le dijo, tomando otro sorbo de vino–. Hans fue muy cariñoso conmigo, y su mujer también. Yo estaba conmocionado entonces y Hans me ayudó a llevar el banco. No todos los miembros del consejo de administración pensaban que podía hacer frente a mis responsabilidades siendo tan joven. Él me guio, me aconsejó, me enseñó a llevar el control.

–Es lógico que sientas tanto afecto por él –comentó Tara.

–Sí, claro.

–Espero que pueda encontrar la felicidad. Es un hombre encantador… es una pena que enviudase. ¿Crees que volverá a casarse algún día? Con una mujer que no se parezca a Celine, claro.

–Eso sería estupendo –asintió Marc–. Pero, como he dicho, es demasiado bueno y a una mujer ambiciosa le resulta fácil aprovecharse de él.

–Sí, claro –murmuró ella–. Necesita a alguien mucho mejor que Celine. Alguien que lo valore y que disfrute de la poseía alemana.

Marc asintió, aunque quería cambiar de tema. Por supuesto, se alegraba de que Hans se hubiese librado de las garras de la arpía, pero en aquel momento solo quería hablar de Tara.

Ella había terminado el primer plato y sonrió mientras tomaba un trocito de pan de la cesta.

–No sabes lo maravilloso que es comer pan francés –le dijo, suspirando–. O el cruasán de esta mañana. Ser modelo exige estar delgadísima y hacer dieta es una tortura.

Marc la vio mojar pan en la salsa con gran alegría.

—¿No tendrás que hacer dieta para compensar esto? —le preguntó.

Tara negó con la cabeza.

—No, voy a dejar el trabajo de modelo. Me ha ido muy bien, no puedo quejarme, pero quiero hacer algo diferente. Tengo otros planes y, gracias a ti, ahora puedo hacerlos realidad.

Marc iba a preguntar qué planes eran esos cuando el propietario del albergue se acercó para preguntar qué querían de postre. Mientras lo tomaban, intentaron decidir qué harían esa tarde. La conversación fluía con facilidad, relajada, amistosa.

Era tan diferente, pensó mientras subían al coche. El antagonismo había desaparecido. De vez en cuando, veía un brillo de picardía en sus ojos, cuando decía algo para picarlo, pero estaba de tan buen humor que eso lo hacía reír.

Resultaba fácil estar con ella.

Ya no había tirantez entre ellos, aunque sí cierta tensión, como una corriente eléctrica constante, visible solo en alguna mirada, en el fortuito roce de sus manos, en el contacto corporal que no era intencionado o, sencillamente, innecesario, como rozar su mano para darle el menú, ayudarla a subir al coche, inclinar la cabeza para respirar el aroma floral de su colonia.

Quería mirarla en lugar de mirar la carretera, pero no era el momento de hacer nada. Lo dejaría para más tarde, esa noche. Y entonces… entonces…

Marc sonrió para sus adentros. Entonces tendría vía libre y descubriría todo lo que ansiaba descubrir.

Nada lo retendría. Nada de apartarse o castigarse a sí mismo por perder el control, nada de enfadarse consigo mismo por desearla de ese modo.

«Sencillamente, no voy a seguir luchando».

No la había buscado deliberadamente, no la había elegido para mantener una relación. Tara había aparecido en su vida por accidente, por el urgente deseo de proteger a Hans de una mujer sin escrúpulos, pero allí estaba. Y después de lo que había tenido que soportar con Celine, maldita fuera, merecía una recompensa.

La miró de soslayo mientras descendían por la carretera de la costa. Y ella merecía algo bueno también, ¿no? Al fin y al cabo, había hecho su trabajo a la perfección.

¿Entonces por qué no iban a pasarlo bien, durante el tiempo que durase? Él haría lo posible, desde luego. Tara no podía negar el deseo que había entre los dos y ya no había irritación, frustración o confusión. No tenían que hacer un papel y no había barreras.

Siguió conduciendo el poderoso coche por las cerradas curvas, sintiendo el calor de la sangre en sus venas. Sabía que era un riesgo saltarse sus propias reglas, pero por Tara merecería la pena. Desde luego que sí.

Tara estaba sentada frente al tocador, maquillándose ligeramente, solo un toque de máscara de pestañas y un poco de brillo en los labios.

Todo parecía tan similar a la noche anterior, cuando se maquillaba para ir a la fiesta en el yate, con los horribles amigos de Celine. Y, sin embargo, todo era completamente diferente.

Marc era diferente.

Esa era la clave. El oso con dolor de muelas, como lo había llamado para sus adentros más de una vez, había desaparecido. A esa misma hora la noche anterior se había mostrado furioso con ella por tomar las riendas de la situación y le había advertido que no volviese a besarlo. Pero su ardid había funcionado y él había tenido que admitirlo.

Y ahora, con la misión cumplida, los dos podían tener su recompensa por librar al pobre Hans de su terrible esposa.

Recompensa.

Esa palabra daba vueltas en su cabeza. Tentadora, seductora. Sabía qué clase de recompensa iba a ser. Era imposible no saberlo.

Esa certeza había estado creciendo hora tras hora, durante todo el día. Marc tenía razón, lo que había entre ellos era poderoso e irresistible. Se deseaban desde la primera vez que se vieron y habían seguido deseándose durante esos días, forzados a hacer un papel en público que intentaban desesperadamente negar en privado.

Se deseaban, era una verdad innegable. Tan sencillo como eso.

Miró el cielo oscureciéndose sobre los jardines y el mar. Cuando llegó a aquel sitio tan precioso había pensado que debería aprovechar esos días.

Bueno, pensó, esbozando una sonrisa, pues estaba

decidida a aprovecharlos porque Marc Derenz era un hombre irresistible.

Un hombre que, incluso cuando estaba de mal humor, era capaz de hacer que su pulso se acelerase y su corazón se volviese loco.

No podía resistirse y no había razón para hacerlo.

«Marc me desea y yo le deseo a él. No durará, no puede durar, pero puedo disfrutar con él durante unos días».

¿Por qué no aceptar lo que estaba pasando entre ellos?

Tara se puso un vestido largo de algodón con estampado de flores, nada que ver con el formal vestido de noche que había llevado el día anterior. Ya no estaba trabajando y quería sentirse cómoda.

Cuando bajó a la terraza, comprobó que también Marc se había vestido de modo informal. Llevaba una camisa blanca con los botones del cuello desabrochados y unos vaqueros oscuros. Seguía siendo devastadoramente atractivo, pero parecía mucho más relajado.

Tara sintió un cosquilleo en su interior, pero eso era para más tarde. Por el momento, disfrutaría del brillo de sus ojos, un brillo que no era solo de admiración masculina sino de… buen humor, de simpatía. Esa era una faceta de Marc Derenz que no había visto antes, salvo cuando saludó a Hans. Una faceta totalmente desconocida.

Marc se dirigía hacia ella con una botella de champán y dos copas en la mano. Dejó las copas sobre la mesa, con velas encendidas para la cena, y empezó a servir el champán. Luego le ofreció una copa y tomó la otra.

–Es una noche para tomar champán –anunció, levantando su copa–. Por nosotros –murmuró, sin dejar de mirarla a los ojos–. Salud.

Era un reconocimiento de lo que había entre ellos, de lo que había pasado desde su primer encuentro. La confirmación de que ninguno de los dos podía alejarse del otro, de aquella noche.

«Quiero esto, lo quiero todo. Aunque solo sea durante unos días».

No quería pensar en nada más.

–Salud –murmuró, tomando un sorbo del delicioso champán. Sentía un cosquilleo en su cuerpo, un hormigueo en su sangre, el pulso latiendo en su garganta.

–Ven conmigo –dijo él entonces.

De la mano, recorrieron el oscuro jardín y bajaron por unos escalones de madera hasta un pequeño muelle. Se quedaron allí un momento, escuchando el ruido de las olas, mirando el cielo. Desde aquel sitio no se veía la costa, con sus brillantes luces. Incluso la villa a su espalda estaba envuelta en la oscuridad.

–Podríamos estar en una isla desierta –murmuró Tara–. Solos por completo.

Marc rio.

–El mundo ha desaparecido.

Levantó la mano que no sujetaba la copa y pasó un dedo por el contorno de sus labios.

–Quiero este momento contigo –dijo con voz ronca–. Somos libres de hacerlo… y deseo compartirlo contigo.

Había una pregunta en su tono y también una respuesta. ¿Por qué iba a negarse Tara? No estaría allí, en el muelle, si no quisiera lo mismo que él.

Sentía que el deseo crecía dentro de él, pero sabía que no debía precipitarse. Estaba saltándose sus propias reglas y quería tomar de aquella *liaison d'amour* todo lo que pudiese ofrecerle.

Y merecería la pena, estaba seguro, porque había visto una promesa en los preciosos ojos de color verde azulado.

Tara permanecía en silencio, pensativa. Tal vez no era sensato dejarse arrastrar a un mundo tan distinto al suyo, con un hombre que nunca podría ser suyo precisamente por esa razón. Sabía que lo que hubiera entre ellos sería breve, pero lo aceptaba.

Tomó otro sorbo de champán, sintiendo el efecto del alcohol en su sangre; una efervescencia que le empujaba a hacer lo que estaba a punto de hacer.

Se quedaron en silencio, mirando cómo el cielo se oscurecía y una a una empezaban a asomar las estrellas. El sonido de las olas golpeando las rocas era tan seductor como la caricia de la brisa. Más tarde, cuando el cielo se oscureció del todo, volvieron a la terraza para cenar.

Tara, después, no recordaría lo que habían comido. Solo sabía que había sido delicioso y que la conversación fluía con facilidad.

¿De verdad se habían llevado tan mal antes? ¿Se habían mostrado tan antagónicos, tan irritados y exasperados el uno con el otro? Le parecía imposible que Marc fuera ese otro Marc cuando lo veía sonreír, reír, charlar animadamente, mirarla con ese brillo en los ojos.

Otra conversación estaba teniendo lugar al mismo tiempo, una conversación silenciosa y sensual que estalló cuando Marc tomó su mano para levantarla de la silla.

Los empleados se habían retirado y estaban solos en la terraza. Marc frente a ella, tan oscuro, tan viril e imponente que se le doblaban las piernas.

Él murmuró su nombre como una caricia, atrayéndola hacia él. Dejando escapar un suspiro, Tara cerró los ojos y apoyó la cara en su torso como tanto había deseado hacer. Envolvió su cintura con los brazos, tocando el cinturón de cuero, la cálida piel masculina bajo la camisa. Dejó escapar un suspiro casi inaudible, silenciado inmediatamente por los labios de Marc.

Disfrutando del suave terciopelo que le había causado tantas noches en vela, y que ahora la hacía sentir aletargada, se entregó al momento. En esa ocasión no había barreras, ni preguntas, ni resistencia a lo que estaba pasando entre ellos. Iba a entregarse del todo.

El beso fue largo y apasionado porque tenían toda la noche por delante, pero cuando sus pezones se levantaron, excitados por el roce del fuerte torso masculino, se apartó para mirarlo a los ojos. Esbozando una desvergonzada sonrisa, volvió a echarle los brazos al cuello y susurró:

–¿Bailamos?

Porque esa noche podía hacerlo y lo haría. Ya no había necesidad de interpretar un papel. Nada de controlarse, nada de apartarse. Por fin podían dejarse llevar como habían querido hacerlo desde el principio.

En lugar de responder, Marc la tomó en brazos.

–Podemos hacer algo mejor –le dijo.

Y su tono ronco dejaba claro qué consideraba «mejor».

Sin decir una palabra más, atravesó el vestíbulo de mármol y subió por la escalera para llevarla a una habitación que Tara no había visto hasta entonces.

Estaba a oscuras, pero él conocía el camino hasta la cama y la depositó sobre ella antes de tumbarse a su lado. Sabía que no había más preguntas que hacer, o más respuestas. Sus cuerpos habían preguntado y respondido. Eso era todo lo que necesitaban saber.

Deseo, esa era la pregunta y la respuesta. Un deseo que ardía entre ellos, poderoso e insaciable, prometiendo caricias lentas, placenteras, un banquete para los sentidos.

Marc se inclinó hacia delante en la penumbra de la habitación para acariciar su pelo, enredando los dedos en los suaves mechones mientras ella lo miraba con las pupilas dilatadas. Esperando su posesión. Esperando poseerlo.

El beso era agónico, lento, sacando de ella cada gota de néctar. Marc se apartó un poco, como para darle una última oportunidad de levantarse, pero ella lo sujetó y buscó su boca de nuevo, arqueando el cuello, la espalda, aplastándose contra él para que notase cómo se levantaban sus pezones ante el contacto.

Él dejo escapar un gemido ronco mientras ponía una mano sobre sus pechos, presionando suavemente, notando su reacción, deslizando la mano hasta el triángulo entre sus piernas.

El vestido era un estorbo y Tara intentó librarse de él, pero Marc se adelantó. Tiró de él con manos ansiosas y luego se desnudó a toda prisa, liberándolos a los dos. Solo querían hacer lo que estaban haciendo, enredarse el uno con el otro, besarse, beberse el uno al otro.

Marc deslizaba la boca por los satinados contornos de su cuerpo y Tara se dejaba seducir por sus caricias, moviendo la cabeza de un lado a otro sobre la almohada. El deseo crecía dentro de ella y quería más, lo quería todo. Estaba ardiendo mientras clavaba los dedos en los hombros masculinos.

Marc se colocó entre sus piernas y la poseyó. Tara gritó, disfrutando de ese poder, de esa virilidad, agarrándolo con fuerza mientras se movía en ella, dentro de ella, liberándola con cada embestida y provocando un deseo imposible de parar, insaciable. Una sensación gloriosa que la hacía gritar de gozo.

Y entonces algo se rompió dentro de ella, inundando sus venas, cada centímetro de su cuerpo, algo que nacía entre sus piernas y la recorría entera, de arriba abajo.

Mientras gritaba de placer, él seguía moviéndose adelante y atrás, sus cuerpos unidos como dos metales fusionándose, metales al rojo vivo.

Tara era todo lo que deseaba, todo lo que quería, pensó Marc en una fiebre de deseo. Estaba cumpliendo su promesa, encendida, ardiendo, hasta que el fuego se consumió y sintió que apartaba las manos de sus hombros, saciada del todo.

Unos segundos después, saciado él también, exhausto, se tumbó a su lado y tiró de ella con sus últi-

mas fuerzas para abrazarla. Poco a poco, sus corazo-
nes volvieron a latir con normalidad y los jadeos se
convirtieron en suspiros.

Agotado, Marc acariciaba su pelo, murmurando
no sabía qué. Solo sabía que Tara estaba entre sus
brazos.

Sintió que se le cerraban los ojos y supo que debía
rendirse, por ahora. Pero mientras se dejaba vencer
por el sueño, y por la dulce presión del cuerpo feme-
nino, sabía que no dormiría durante mucho tiempo.

Ni ella tampoco.

Capítulo 8

LA LUZ de la mañana bañaba la habitación. Tara podía sentir el calor del sol en la espalda, apenas cubierta por la sábana. Su brazo reposaba sobre el torso desnudo de Marc, aún dormido.

Ella seguía adormilada y soñolienta, recordando lo que había pasado por la noche. Una noche como ninguna otra.

Sonriendo, apretó su cuerpo desnudo contra el cuerpo de Marc. ¿Había imaginado alguna vez que una noche como esa era posible?

Marc la había poseído una y otra vez, haciéndola gritar de gozo mientras su cuerpo se consumía de deseo, su espina dorsal arqueada como un arco mientras Marc se enterraba en ella, apretando sus hombros, moviendo la cabeza de un lado a otro sobre la almohada mientras llegaban juntos a la cima.

Y luego una sensación de paz, un suspiro de emoción mientras, en silencio, se apretaban el uno contra el otro, saciados.

Desfallecida y maravillada, buscaba el descanso que necesitaba… hasta que Marc despertaba de nuevo y ella un instante después sintiendo un deseo abrumador.

Abrió los ojos y sintió que él se movía ligeramente, poniendo una mano sobre su muslo. Durante un segundo se quedaron así, en silencio, inmóviles, dejando que el sol que entraba por la ventana calentase sus cuerpos unidos. Sin decir nada porque no había necesidad de hacerlo hasta que Marc estiró los brazos y giró la cabeza para mirarla con una sonrisa en los labios.

–¿Desayuno o…?

Ella puso un dedo sobre sus labios.

–Desayuno –lo interrumpió, sacudiendo la cabeza–. Una noche contigo dura mucho, mucho tiempo.

Él rio, encantado con la respuesta. Encantado con el universo. Había conocido a muchas mujeres, pero aquella…

No quería pensar, examinar o analizar. Solo quería disfrutar de aquella gloriosa mañana en un sitio que tanto le gustaba y del que disfrutaba menos de lo que debería.

Sonriendo, se levantó de la cama para ponerse un albornoz gris.

–Si quieres desayunar, será mejor que te duches en tu habitación –le advirtió, con una voz ronca a la que Tara ya se había acostumbrado.

Luego se dirigió a su cuarto de baño, pero cuando llegó a la puerta dio media vuelta para mirarla.

Tara se había levantado, desnuda, y al ver su fabuloso cuerpo iluminado por el sol estuvo a punto de cambiar de opinión para llevarla a su cuarto de baño… donde ducharse no sería la prioridad.

Pero su estómago empezó a protestar en ese momento. Había gastado mucha energía esa noche y necesitaba reponer fuerzas.

–Nos vemos abajo. Y piensa qué te gustaría hacer hoy porque, si no se te ocurre nada, yo tengo mis propias ideas –le dijo, con una sonrisa traviesa, antes de entrar en el baño.

Cuando se reunieron en la terraza unos minutos después, Marc llevaba un pantalón corto y una camiseta de rayas.

Tara se sentó frente a él, riendo.

–Pareces un marinero.

–Exactamente. Hace un día precioso y el viento es perfecto para navegar.

–¿Esa era tu tentadora idea? Pensé que era algo más… perverso –dijo Tara, con un brillo travieso en los ojos.

–Eso depende de dónde echemos el ancla –replicó Marc.

Tara rio de nuevo. Podría haberse reído de cualquier cosa aquella mañana, aquella gloriosa mañana. La mañana después de la noche que había sido como ninguna otra.

Como no podría serlo ninguna otra.

¿Algún momento en su vida podría compararse con la noche que había pasado en los brazos de Marc? Ella sabía que no debería haberse entregado a un hombre como él, pero había sido incapaz de resistirse.

¿Y si nunca volvía a sentir lo que había sentido con él?

Tara sacudió la cabeza. No era una mañana para hacerse preguntas ni para tener dudas de ningún tipo. Solo iba a estar unos días con Marc y era demasiado tarde para tener remordimientos.

Dejándose llevar por la tentación, tomó un cruasán de la cesta.

–Me gustaría, pero no he visto ningún barco en el
muelle.

–Está atracado en Pierre-les-Pins, al norte de la
bahía. He pedido que lo traigan y llegará enseguida.

Tara asintió. Era otro recordatorio de las diferencias entre ellos. Como la villa, los empleados, los jardines perfectamente cuidados, la piscina, el descapotable en el que habían viajado el día anterior, la
limusina con chófer, los carísimos restaurantes, los
vestidos de diseño.

Antes, mientras trabajaba para él, nada de eso la
había molestado, pero ahora…

¿Era sensato tener una relación con él? ¿Aunque
fuese breve, una mera recompensa después de la desagradable experiencia con Celine?

¿Era sensato estar con un hombre que pertenecía
a un mundo tan distinto?

Resultaba difícil pensar en esas diferencias, o en
el banco que llevaba su nombre, mientras navegaban
por las aguas azules del Mediterráneo, con la brisa
sacudiendo las velas del barco.

Tara decidió olvidarse de todo… hasta esa noche.

Pero era difícil ignorar la enorme disparidad de
sus situaciones sociales cuando, de nuevo vestida
con uno de los diseños de alta costura que Marc
había comprado, el chófer los llevó a cenar a un
restaurante fabuloso donde cada plato costaba una
fortuna.

Pero no quería pensar en eso. Por esa noche solo
eran ellos dos, amantes de verdad. Tenía a Marc, al

nuevo Marc, para ella sola y era un hombre nuevo, sonriente, relajado, encantador.

Levantó su copa y ella hizo lo propio, tomando un sorbo del carísimo vino, saboreándolo como saboreaba los deliciosos platos.

–Esto es maravilloso –dijo, suspirando–. Podría acostumbrarme. ¿Cómo voy a volver a mi vida normal después de esto?

Esperaba oírlo reír, un sonido al que estaba acostumbrándose, pero Marc estaba serio. De hecho, parecía estar pensando en otra cosa.

Pero nada podía estropear aquella noche. Tara miró alrededor, sabiendo que aquella era una experiencia que debía aprovechar. Una vez que estuviera en su casita en Dorset, sitios como aquel serían solo un lejano recuerdo.

Volvió a mirar al hombre que estaba frente a ella, sintiendo una punzada de pena. Algún día, también Marc sería un lejano recuerdo.

Tara se aclaró la garganta y comentó algo a lo que, en esa ocasión, Marc respondió como si también él estuviera perdido en sus pensamientos.

Pero no debían pensar en nada más. No debían hacerlo teniendo toda la noche por delante.

Excitada de repente, lo miró a los ojos y en ellos vio lo mismo que debía haber en los suyos: anticipación.

Siguieron disfrutando de la exquisita cena mientras charlaban animadamente. Seguía asombrándole que la conversación fluyese con esa facilidad cuando antes había sido imposible.

Era casi medianoche cuando salieron del restaurante, pero cuando volvieron a la villa, Tara descubrió que la noche aún era joven.

Más que eso.

La noche duró hasta el amanecer y solo cuando empezaron a asomar las primeras luces del día, la ardiente pasión saciada por fin, el sueño los superó y se abrazaron como si no quisieran apartarse nunca.

Pero era una falsa ilusión.

Marc estaba en su despacho, intentando trabajar, pero no era capaz de concentrarse.

Su mente estaba en la piscina, donde Tara tomaba el sol con esa tentadora piel dorada que él quería acariciar.

De nuevo, intentó concentrase en la pantalla del ordenador, en las complejidades de su exigente vida diaria, en sus muchas obligaciones como presidente del banco Derenz. Obligaciones que no tenía inclinación de cumplir en ese momento, pero que empezaban a acumularse.

Sabía que no podía posponerlo indefinidamente, que en algún momento tendría que marcharse de Cap Pierre. La verdad era que no estaba acostumbrado a alejarse durante tanto tiempo de la oficina porque el trabajo había dominado su vida desde que tuvo que hacer frente a las responsabilidades de su herencia. Sus selectas aventuras nunca entorpecían la tarea más importante de su vida: hacer que el banco Derenz sobreviviese en un panorama financiero cada día más cambiante.

¿Entonces por qué no era capaz de concentrarse

en las cifras de la pantalla? ¿Por qué estaba siendo tan irresponsable?

Al principio pensó que se había dejado llevar por aquella inconveniente, pero poderosa, atracción porque era un alivio haberse librado de Celine de una vez por todas. Pero eso había sido dos semanas antes, dos semanas de pura indulgencia, disfrutando de Tara, entregándose a aquella sensual aventura, tan diferente a su acostumbrada y rígida disciplina diaria.

Estaba de vacaciones. Sencillamente, estaba tomándose unas vacaciones con una mujer irresistible. Un interminable desfile de días dorados bajo el sol del Mediterráneo, tumbados frente a la piscina, navegando, viajando por la costa, explorando San Remo un día, entrando en las famosas perfumerías de Grasse otro, visitando St. Raphael, con sus acantilados de color ocre, o el abarrotado St. Tropez.

Habían explorado los paisajes que tanto habían seducido a los pintores impresionistas, caminando por las estrechas calles de Niza, por el paseo marítimo de Cannes, comiendo en la playa o los restaurantes del puerto.

Una procesión de días relajados y alegres antes de volver a la villa… y a las deliciosas noches que compartían.

Marc se movió en la silla, inquieto.

¿Cuándo iba a cansarse de Tara? ¿Cuándo se marchitaría su encanto? ¿Cuándo dejaría de querer charlar con ella, reír con ella, besarla?

Ocurriría tarde o temprano, pensó. Tenía que ser así. ¿Cómo iba a ser algo más que una aventura? Sí,

Tara se había adaptado enseguida, ¿pero quién no encontraría fácil adaptarse a su privilegiado estilo de vida?

¿Se habría adaptado demasiado bien? ¿Se habría acostumbrado?

El pensamiento daba vueltas en su cabeza sin que pudiese pararlo, recordándole todas las razones por las que no salía con mujeres que no formase parte de su mundo.

Luego miró la pantalla de nuevo. Una larga fila de cifras con muchos ceros. Ese era su mundo, las cuentas de clientes extremadamente ricos. Sumas de dinero que una persona como Tara no entendería jamás.

Un recuerdo apareció entonces en su mente, indeseado y molesto. Aquella tediosa tarde en Montecarlo, Tara haciendo ese comentario sobre «casarse con dinero».

Había pensado que era una pulla dirigida a Celine, pero ahora frunció el ceño. ¿Tal vez era algo que creía de verdad?

Otro recuerdo lo asaltó, desagradable e intrusivo: Marianne engatusándolo, tentando al joven heredero del banco Derenz para abandonarlo después cuando encontró a un hombre más rico.

«Podría acostumbrarme a esto», había dicho Tara una noche, mientras cenaban en el restaurante más exclusivo de la costa, suspirando de felicidad.

Le había dicho a Celine que era su prometida, pero el único propósito de ese anuncio era que la rubia apartase sus garras de él.

¿Esa impulsiva proposición habría hecho que Tara se hiciera ilusiones?

¿Lo pensaría cuando se besaban, se abrazaban, cuando hacían el amor?

¿Pensaría que la proposición era real, que quería casarse con ella?

Marc se levantó de la silla y miró su reloj. Tara había estado tomando el sol demasiado tiempo y no quería que esa maravillosa piel se quemase.

Recordó entonces lo molesto que se había sentido el primer día, cuando llegó allí y encontró a la mujer que había contratado para interceptar a Celine portándose como si estuviera de vacaciones.

Y ahora las vacaciones eran de verdad.

Pero era él quien había sugerido que se quedase, quien le había pedido que disfrutase de la villa y todos sus lujos.

¿Y por qué no? Después de todo, la propia Tara era un lujo para él. Y un capricho como ningún otro.

Y él quería disfrutarla.

Marc esbozó una sonrisa de anticipación. Su cálida piel necesitaría refrescarse y ducharse juntos sería la mejor forma de hacerlo. La enjabonaría con sus propias manos, cada hermoso centímetro…

Después de abandonar su vano intento de concentrarse en el trabajo estaba de mejor humor y salió al jardín, impaciente. Tara estaba tumbada en la hamaca, recibiendo los rayos del sol en la espalda.

Realmente aquello era el paraíso, pensó Tara. Tomar el sol después de un largo desayuno, sin nada que hacer más que nadar un rato en la piscina y luego, envuelta en un pareo de seda, acercarse a la terraza donde los empleados estaban preparando la mesa para el almuerzo.

Marc y ella disfrutarían de unos manjares exquisitos, todo preparado por otras manos y retirado cuando terminasen, sin nada que hacer más que disfrutar de la tarde, salir a navegar o nadar frente al muelle. O tal vez subir al poderoso descapotable, que rugía como un tigre, para explorar la fabulosa Costa Azul.

Y luego volver a la villa cuando el sol empezase a ponerse para tomar un cóctel frente a la piscina, esperando otra fabulosa cena servida por atentos empleados.

Un estilo de vida regalado.

Sonriendo para sus adentros, Tara movió los dedos de los pies, totalmente relajada.

«Podría acostumbrarme a esto». Desde luego que sí, pensó, adormilada.

Era lógico que a los ricos les gustase tanto ser ricos. Pero, a pesar de los lujos y la comodidad, ella sabía que ni el mejor champán ni los momentos que pasaba frente a la piscina contarían para nada si no estuviese allí con Marc.

Era Marc y solo Marc quien convertía aquel sitio en un paraíso.

Marc, que con una sola mirada podía hacer que se estremeciese. Solo tenía que tocarla y…

Como si lo hubiese conjurado, él apareció en ese momento y se inclinó para acariciar su espina dorsal con un dedo, provocando un delicioso escalofrío.

Lo oyó reír cuando dejó escapar un suspiro y luego, cuando la tomó en brazos, el suspiro de placer se convirtió en un grito.

–Hora de refrescarse –anunció Marc.

Por un segundo, pensó que iba a tirarla a la piscina, pero se dirigía hacia la casa, hacia el dormitorio. Percatándose de que se había dejado el sujetador del bikini en la hamaca, Tara se apretó contra su torso por si se encontraban con algún empleado. Y cuando notó que sus pezones se levantaban supo que aquello solo iba a terminar de una forma.

El almuerzo tendría que esperar.

–¿Qué planes tenemos para esta tarde? –le preguntó, mucho tiempo después, mientras se sentaban en la terraza para comer.

–¿Qué te apetece? –le preguntó Marc.

Estaba de buen humor. La refrescante ducha había hecho algo más que refrescarlo…

¿Había conocido alguna vez a una mujer como ella?

Esa pregunta daba vueltas en su mente. Y también la respuesta. ¿De verdad quería aceptar que ninguna otra mujer podía compararse con Tara? ¿Aceptar que ella y solo ella podía despertar su deseo con una sola mirada?

¿Cuánto tiempo había durado ya aquel idilio en la villa? ¿Dos semanas, más? Los días pasaban sin que se diera cuenta. De hecho, había dejado de contarlos.

–Decide tú –dijo Tara, untando un delicioso queso Camembert sobre una rebanada de pan recién hecho.

Debía haber engordado, pensó, pero no le importaba. Ni siquiera quería pensar en volver a Londres para decir a sus compañeras de piso que se iba, hacer las maletas, mudarse a su casita y empezar la nueva vida que había planeado durante tanto tiempo.

Todo eso le parecía tan lejano.

Miró a Marc entonces… comiéndoselo con los ojos mientras se servía la ensalada.

Él la pilló mirándolo y su expresión cambió de repente.

–No me mires así –dijo con voz ronca.

Tara esbozó una sonrisa.

–No tengo fuerzas para hacer otra cosa. Y mirarte es lo que quiero hacer, sencillamente admirar tu masculina perfección.

Evidentemente, estaba bromeando y Marc tuvo que sonreír mientras admiraba su «femenina perfección».

Vagamente, notó que su móvil estaba sonando. Normalmente lo ponía en silencio cuando estaba con Tara, pero debía haberle puesto sonido sin darse cuenta.

Lo miró, irritado, porque no quería que lo molestasen y, al ver el nombre en la pantalla, su irritación aumentó. Pero sería mejor responder y terminar lo antes posible.

Haciendo un gesto de disculpa, entró en la casa y se dirigió a su despacho.

En la terraza, Tara seguía comiendo alegremente, pensando qué iban a hacer esa tarde.

No quería que pasara el tiempo, pero el tiempo pasaba igualmente. ¿Cuántos días habían pasado desde que llegó allí? Tenía que volver a Londres, ir a la agencia, hacer las maletas…

«No quiero hacerlo».

No se trataba de volver a Londres y escapar a su

casita en Dorset. Era más que eso, mucho más profundo y turbador.

«No quiero despedirme de Marc».

Esa era la verdad, pero tenía que hacerlo. ¿Cómo podía aquello ser algo más que una pequeña aventura, unos días de felicidad, un idilio de días perezosos bajo el sol y noches llenas de sensualidad?

Se movió en la silla, incómoda, deseando que Marc volviese cuanto antes. Queriendo volver a verlo, sonreír, seguir charlando sobre lo que iban a hacer por la tarde.

Pero cuando volvió unos minutos después, no era alivio lo que veía en su rostro. Se había preguntado cuándo terminaría aquel idilio. Bueno, pues allí tenía la respuesta, en esa expresión que no había visto desde antes de que Hans y Celine se fueran de la villa y que no presagiaba nada bueno.

–Lo siento, pero tengo que irme a Nueva York –le dijo, dejándose caer sobre la silla–. Uno de mis clientes, uno de los bancos más importantes, ha adelantado la fecha de la reunión anual. Siempre acudo en persona, así que no puedo faltar. Maldita sea.

–¿Cuándo tienes que irte? –le preguntó Tara.

–Mañana. En realidad debería irme hoy, pero…

–Ah –murmuró ella. No sabía qué decir y no podría decir nada porque tenía el corazón encogido.

«No quiero que esto termine, aún no».

Se sentía… vacía. Sabía que no debería sentirse así, que no tenía derecho a sentirse así. Desde el principio había sabido que solo era una breve aventura, una indulgencia. Las circunstancias los habían unido, sencillamente. Pero no había nada entre ellos.

El primer día, Marc le había dicho que no se hiciera ilusiones. No podía haber dejado más claro que no la habría elegido a ella para un romance o una relación. Tara lo sabía y lo aceptaba. No tenía más remedio que aceptarlo, pero mientras se decía eso su corazón se rompía en pedazos.

Tal vez podría pedirle que la llevase con él a Nueva York. Pero Marc comía con expresión remota. Estaba pensando en otras cosas, no en ella, no en pedirle que fuese con él.

—Bueno, si este va a ser nuestro último día, ¿cómo te gustaría pasarlo? —le preguntó Marc unos minutos después.

Tara tragó saliva.

«Un último día. Una última noche».

—Podríamos ir a navegar.

No debería tener el corazón roto, pero así era.

Marc ejecutó un rápido viraje para volver al muelle. No podía dejar de mirar a Tara pasando bajo la botavara, con el pelo volando al viento como un halo. La vio apartarlo de su cara con los dedos y echarlo hacia atrás, intentando hacerse una coleta.

Qué preciosa estaba con el rostro iluminado por el sol, con ese cuerpo fabuloso y esos ojos del mismo color del mar.

Un pensamiento daba vueltas en su cabeza.

«No quiero despedirme de ella».

¿Cómo iba a querer que aquello terminase? La promesa que había intuido desde el momento que puso los ojos en ella había sido cumplida.

Sabía que si no se hubiera visto obligado a contratarla para escapar de las garras de Celine no habría pasado nada. Habría cortado esa atracción, sin más. Ni siquiera habría sabido que existía. De no haber sido por Celine…

Pero Celine se había ido y él se había recompensado a sí mismo con Tara.

Había sido estupendo, mejor que eso. Como nada en su vida. Esos días habían sido mucho mejores de lo que había imaginado.

La vio apoyar los codos en la borda, levantar la cara hacia el sol, con los ojos cerrados, el rostro sereno mientras el viento movía su pelo.

«No quiero que esto termine».

«No tiene que terminar. Llévala contigo a Nueva York».

¿Por qué no? Tara podía estar con él en Nueva York como lo estaba allí. ¿Qué más daba el sitio?

«Llévala contigo».

Ese pensamiento daba vueltas en su cabeza, persiguiéndolo durante el resto del día.

Mientras amarraba el barco al muelle y llamaba a la agencia náutica para que se lo llevasen al puerto.

Mientras se duchaba, mientras se vestía para cenar.

Cuando se encontraron en la terraza para tomar un cóctel.

Estaba con él todo el tiempo, siempre presente, siempre tentador.

Y también estaba allí durante la cena. Le había pedido al chef que hiciese algo especial y, mientras disfrutaba de los deliciosos platos, seguía pensando en ello.

Y durante la noche que pasaron juntos; la larga, larguísima noche que pasó con Tara entre sus brazos. Estaba en su cabeza mientras la llevaba al éxtasis una y otra vez, más excitado que nunca. Le parecía que su posesión era más urgente, su pasión más violenta.

Sin embargo, después, mientras Tara temblaba entre sus brazos y él acariciaba su pelo, estaba inquieto.

Y más tarde, cuando se levantó de la cama antes del amanecer y se puso una toalla en la cintura para salir al balcón y mirar el oscuro mar frente a él, sus pensamientos eran inciertos.

¿Qué pasaría si la llevaba a Nueva York? ¿La llevaría luego a su casa en París? ¿La convertiría en una parte de su vida?

¿Y luego qué? ¿Qué más querría… y qué más querría Tara?

Le preocupaba que ella pudiera haberse tomado en serio la impulsiva declaración, que se creyese su prometida, la futura señora Derenz.

No sabía lo que Tara quería. Lo único que sabía era cómo vivía él su vida y por qué. Durante esos días con ella se había saltado todas sus reglas; unas reglas que tenía muchas razones para haberse impuesto y ninguna razón para romper.

Había sido estupendo estar con ella unos días, maravilloso en realidad. ¿Pero seguiría siendo así?

¿No sería mejor despedirse en ese momento, llevándose con él los buenos recuerdos? Aquellos días en Cap Pierre habían sido idílicos, ¿pero podría durar ese idilio?

Oyó un ruido a su espalda y giró la cabeza. Tara

estaba a su lado, sonriendo con gesto soñoliento, su larga melena incapaz de ocultar sus pechos desnudos.

–Ven a la cama –le dijo en voz baja.

Le ofreció su mano y Marc la aceptó.

Para poseerla por última vez.

Sus cuerpos se unieron de nuevo y, después, mientras se apartaba, acarició suavemente su pelo.

Tara alargó una mano para trazar los contornos de su rostro con la punta de los dedos. El éxtasis que había sentido se esfumaba, dejando paso a otra emoción.

De repente, sintió que su corazón se rompía de dolor.

«Que esta no sea la última vez. Que esta noche dure para siempre».

El miedo a perderlo, a perder aquello, le encogía el corazón.

Buscó los ojos de Marc en la oscuridad y se armó de valor para decir con una voz ronca, vacilante, llena de anhelo:

–Podría ir contigo a Nueva York.

Marc dejó de acariciar su pelo. En la penumbra de la habitación su expresión se volvió helada, impasible.

–No, eso no puede ser –dijo por fin.

Tara notó el cambio en su voz, notó que se alejaba de ella. Y no quería verlo así. No quería ver ese gesto frío con el que dejaba claro que no la quería en su vida.

De modo que se dio la vuelta y cerró los ojos, sin decir una palabra más.

Marc volvió a abrazarla y, al sentir el calor de su cuerpo desnudo, supo que lo que había habido entre ellos ya no existía.

Y no existiría nunca más.

Detrás de ella, con la esbelta espalda femenina pegada a su torso, el brazo sobre su cintura, Marc miró la oscura habitación.

Había respondido así porque tenía que hacerlo. Porque era la única respuesta que podía darle. Y debería haber sido la única respuesta desde el principio.

Capítulo 9

TARA despertó lentamente, volviendo a una realidad a la que no quería volver. Y cuando despertó del todo supo que era demasiado tarde.

Marc se había ido.

Sentía deseos de gritar, pero se contuvo. ¿De qué servía gritar, llorar?

Aquello era lo que iba a pasar y lo sabía desde el principio. Pero una cosa era saberlo y otra vivirlo, tocar el espacio vacío en la cama, saber que no volvería a su lado, que no volvería a tenerla entre sus brazos.

Lentamente, con un nudo en la garganta, se sentó en la cama y se pasó una mano por el pelo, temblando de frío, aunque el sol entraba por la ventana.

Miró alrededor como si Marc fuese a aparecer de un momento a otro. Pero no iba a aparecer y ella lo sabía. No había querido llevarla con él.

Lo supo con certeza cuando vio el sobre que había sobre la mesilla… y la pequeña caja de terciopelo.

Abrió el sobre con manos temblorosas y sacó una nota escrita a mano.

Estabas dormida y no quería despertarte. Todo está arreglado para tu viaje de vuelta a Londres.

*Te deseo lo mejor. Estos días han sido maravillo-
sos.*

Marc

Nada más. Nada salvo un cheque de diez mil libras que Tara guardó en el sobre sin apenas mirarlo. Nada salvo un collar de brillantes esmeraldas
en la cajita. Tara lo acarició, pensando que no debería aceptarlo porque era un regalo demasiado va-
lioso.

Pero no pudo evitar apretarlo contra su corazón.
Sería un tesoro para ella durante toda su vida.

«¿Cómo voy a despreciar este regalo?». «Es lo
único que me quedará de él».

Se quedó un rato sentada en la cama, como despi-
diéndose de todo lo que había vivido allí, con Marc.
Luego, por fin, saltó de la cama para ducharse, ves-
tirse y hacer la maleta. Debía volver a su vida, a su
propia realidad.

La realidad en la que no existía Marc.

Sabía que iba a llegar ese momento y había llegado, pero no sabía que sería tan insoportable. No
estaba preparada para esa sensación de vacío, de pér-
dida, de angustia.

No debería sentirse así. Supuestamente, solo iba a
ser una aventura para disfrutar de la atracción que
sentía por él, unos días para disfrutar, para pasarlo
bien, nada más que eso.

Debería marcharse contenta, volver a su vida
guardando los bonitos recuerdos de aquel idilio inesperado, de aquella tregua de la realidad.

Debería estar contenta. No con el corazón roto,

con aquel peso en los pulmones que le impedía respirar, con un nudo en la garganta… y la desesperada sensación de estar sola.

Abrió la puerta, con el corazón pesado. Tenía que irse, por duro que fuese.

Había dos jóvenes criadas en la habitación, guardando en la maleta los caros vestidos que Marc le había comprado una eternidad antes.

Tara frunció el ceño. No quería llevárselos. Eran vestidos de alta costura que costaban una fortuna y, además no eran suyos. Cuando se lo dijo a las chicas, ellas se quedaron desconcertadas.

–*Monsieur* Derenz nos ha pedido que los guardásemos en su maleta, *mademoiselle*.

Tara negó con la cabeza. Tenía el collar de esmeraldas, ese sería su único recuerdo de Marc.

Por impulso, les dijo a las chicas que se quedasen con los vestidos.

–Podéis arreglarlos. O tal vez podríais venderlos.

Las dos jóvenes la miraron, incrédulas, y Tara supo que no podía echarse atrás. Además, se alegraba de haberlo dicho.

Solo tuvo ese momento de alegría. ¿De qué más podía alegrarse? La sensación de angustia y ese peso en el corazón seguían ahí mientras subía al taxi que la llevó al aeropuerto y mientras embarcaba en el avión.

Marc había reservado un billete en primera clase. Era un simple detalle, pero eso le decía cuánto habían cambiado las cosas desde su llegada.

«Toda mi vida ha cambiado por Marc».

Y quince días después, cuando comprobó su calendario, supo cuánto había cambiado su vida.

Marc estaba en la terraza de su habitación, en uno de los mejores hoteles de Nueva York, mirando el cielo. La reunión había terminado y el cliente estaba satisfecho con el trabajo del banco Derenz. No podía pedir más. Pero ahora, con la noche por delante, miraba el cielo de Manhattan, inquieto.

Claro que quería algo más.

A alguien.

Quería a Tara, la quería allí, a su lado, en ese momento, para disfrutar de esa noche con él. Quería llevarla a cenar, verla sonreír, ver el brillo de sus ojos.

«Quiero hablar con ella sobre cualquier cosa y también discutir con ella, dejar que me tome el pelo y ver ese gesto irónico que tanto me hace reír».

«Después de cenar volveríamos aquí. Ella estaría a mi lado y yo le pasaría un brazo por la cintura, con todo Manhattan brillando para nosotros».

«Tara levantaría la cara, con los ojos brillantes, y yo la besaría y la tomaría en brazos para llevarla a la cama».

El deseo era tan poderoso que le dolía todo el cuerpo. Haciendo un esfuerzo, Marc apartó de su mente la tentadora imagen. No debía pensar en la mujer a la que había dejado durmiendo en Cap Pierre, desnuda en su cama, su gloriosa melena extendida sobre la almohada, sus altos y firmes pechos subiendo y bajando suavemente.

Había sido tan difícil dejarla. Tan difícil rechazar

el ruego de que la llevase con él a Nueva York. Más difícil de lo que debería, pero era lo más seguro.

Y que quisiera dejarse llevar de nuevo, que quisiera llamarla por teléfono para decirle que tomase el primer avión a Nueva York lo hacía aún más precavido.

No debería desearla de ese modo porque no era seguro, porque eso era lo que ella deseaba también. Se lo había pedido, había querido ir con él. ¿Cuánto más le pediría? ¿Qué esperaría de él?

Esa era la verdad, la dura y necesaria verdad. Si la llevaba allí, si la aventura se alargaba, ¿cómo iba a saber si era él quien la interesaba o el banco Derenz?

Por eso le había dicho que no podía llevarla con él. Pero no podía dejar de pensar en ella, en la última vez que la vio, durmiendo en su cama.

Se había marchado dejando una nota de despedida y un regalo.

El regalo que la apartaría de él para siempre. El regalo que había comprado para dejar claro que todo había terminado.

Para convencerse a sí mismo de que todo había terminado.

Tara se apoyó en la ventana del dormitorio, respirando el aire nocturno del campo. Tan dulce y fresco después de la polución de Londres. Un búho ululó a lo lejos y ese era el único sonido. Ni el canto de los grillos, ni el sonido de las olas golpeando las rocas, ni el aroma de flores demasiado delicadas para el clima de Inglaterra.

Marc no estaba a su lado, mirando el mar con ella, con el brazo en su cintura, buscando sus labios antes de llevarla a la cama…

Su corazón se encogió. Marc había desaparecido de su vida y ella de la suya. Debía aceptarlo y mirar hacia delante.

«Debo aceptar que lo que siento por él no es lo que pensé que sentiría. Aceptar que no puedo hacer nada más que lo que estoy haciendo».

Miró el oscuro jardín rodeado de árboles. Cómo había cambiado su vida. Y todo por Marc.

¿Debía lamentar lo que había hecho? ¿Desear que no hubiera ocurrido, que no la hubiese cambiado completamente?

¿Cómo iba a lamentarlo?

Dejó escapar un suspiro, pero no de felicidad. Ni de infelicidad, sino una mezcla de ambas emociones.

Esos dos sentimientos llenaban todo su ser. Aunque eran contradictorios, no se anulaban el uno al otro. Pero la dejaban asombrada, atormentada. Tal felicidad y tal dolor mezclados…

Miró entonces lo que tenía en la mano. En la oscuridad, el vívido color de las preciosas gemas no era visible, pero brillaban con luz propia.

Era una complicación de la que debía librarse. No debería haberlo aceptado, no debería haberlo guardado para recordarlo.

Sintió una emoción insoportable mientras miraba el collar de esmeraldas. Lo había guardado durante demasiado tiempo y debía devolverlo. No quería quedárselo, no podía hacerlo. Y menos ahora.

«Sé lo que debo hacer y lo haré».

Lentamente, se acercó al antiguo tocador que había sido de su abuela y dejó caer el collar sobre un trozo de papel. También eso debía devolverlo y, cuando lo hiciese, habría cortado el último lazo con Marc Derenz.

O casi el último.

Suspirando, se llevó una mano al abdomen. Había otra cosa que los uniría para siempre, aunque Marc ya no quisiera saber nada de ella. Pero él no debía saberlo y la razón era dolorosa.

«Porque él no quiere verme. Ha terminado conmigo y lo ha dejado bien claro. Su rechazo fue absoluto».

Por maravillosa que hubiera sido aquella breve aventura, había terminado para siempre. Ella lo sabía y él también. Eso era lo que debía pensar.

Por eso debía devolverle el regalo que le había hecho para demostrar que todo había terminado. Eso era lo que debía hacer, lo único que podía hacer.

Y cuando lo hubiera devuelto, seguiría adelante con su vida. Con el dolor y la felicidad mezclándose para siempre.

Marc estaba de vuelta en París, por fin. Después de Nueva York, con objeto de poner al día todos sus negocios en América, había hecho un largo viaje por todas las sucursales del banco Derenz, desde Quebec a Buenos Aires. Había sido un recorrido agotador de varias semanas, pero le había parecido buena idea por razones que no quería examinar.

Pero el viaje había servido para su propósito: separar esos días libres y felices en la villa del resto de su vida.

Ahora, de vuelta en París, se enterró en el trabajo y en las interminables reuniones sociales que no le interesaban en absoluto, pero que eran necesarias.

Y, sin embargo, ni el viaje ni el trabajo parecían hacer el menor efecto. Porque seguía deseando a Tara, la quería de vuelta en su vida. La única mujer a la que no debería desear.

Miraba el paisaje parisino deseando que Tara estuviese a su lado, con la misma inquietud que lo había dominado desde que se fue de Cap Pierre unos meses antes.

Miró su reloj sin el menor entusiasmo. Su chófer estaría esperando, dispuesto para llevarlo a la ópera, donde se reuniría con unos clientes. Marc apretó los labios. La hija de esos clientes había dejado bien claro que le interesaba por razones que no tenían que ver con que sus padres fuesen inversores del banco Derenz. Y no era la única.

Marc dejó escapar un suspiro. El maldito circo había empezado de nuevo. Mujeres por las que no tenía el menor interés buscando su atención.

Mujeres que no eran Tara.

Se le pasaría, pensó, era hora de olvidar. Tenía que hacerlo. Sabía que pasaría algún día, pero era más difícil de lo que había imaginado. Mucho más difícil. Y no podía disimular. Todos notaban que estaba malhumorado, sin paciencia para clientes exigentes o mujeres que no le interesaban.

Un oso con dolor de muelas.

Así lo había llamado Tara.

Que ya no estaba en su vida. Y no volvería a estarlo por mucho que él la desease. Y la deseaba.

Ese era el peligro, que su deseo por ella lo hacía débil, dispuesto a creer lo que anhelaba creer: que su dinero no era la razón por la que Tara quería estar con él.

Había creído eso una vez, cuando era joven, y había sido el mayor error de su vida. Pensó que era importante para Marianne, pero en realidad solo le interesaba el dinero de los Derenz.

El dinero también era importante para Tara. Desde las quinientas libras por acompañarlo al hotel con Celine a las diez mil que había exigido por ir a Cap Pierre. También se había llevado el collar de esmeraldas y los vestidos de alta costura. Tal vez no era una buscavidas, nada tan repelente, pero era innegable que disfrutaba del lujoso estilo de vida y de los valiosos regalos.

Y eso era un peligro, ¿no?

«Si vuelvo con ella, se acostumbrará a este estilo de vida, lo dará por sentado y no querrá perderlo. Será importante para ella, más importante que yo».

«¿Me querría a mí o el estilo de vida que yo puedo darle?».

Se agarró a ese cinismo tan familiar, pero se sentía inquieto mientras tiraba de los puños de la chaqueta. ¿Qué sentido tenía pensar en ello una y otra vez?

Debía resignarse, resistirse al deseo de volver a verla, de volver a tocarla, de volver a tener lo que habían tenido en Cap Pierre. Por poderoso que fuera ese deseo, tenía que resistirse porque volver a verla sería un riesgo innecesario.

La puerta se abrió y el mayordomo entró en el salón, presumiblemente para decir que el coche estaba esperando. Pero llevaba una bandejita de plata en la mano en la que Marc podía ver un sobre.

Tomó el sobre y se quedó inmóvil, mirándolo. Llevaba un sello de Gran Bretaña y estaba escrito a mano con una letra que reconoció enseguida.

Se le encogió el estómago y su corazón se aceleró. ¿Por qué le había escrito Tara?

Apretó los labios, ocultando la mezcla de sentimientos bajo una máscara impasible mientras abría el sobre. Sacó una hoja de papel del interior y tragó saliva antes de empezar a leer:

Marc,

No voy a cobrar el cheque. Lo que empezó como un trabajo no terminó así y sería un error por mi parte esperar que tú te sientas obligado por nuestro acuerdo original.

Tampoco puedo quedarme con el collar de esmeraldas que me regalaste. Es un detalle muy generoso, pero me resulta imposible aceptar un regalo tan caro. Por favor, no te ofendas. Te lo enviaré a través de la joyería.

Por la misma razón, tampoco puedo aceptar los vestidos de alta costura. Espero que no te importe, pero se los regalé a las criadas que me atendieron en Cap Pierre. Por favor, no te enfades con ellas, fue idea mía.

Siento mucho haber tardado tanto en escribir, pero he estado muy ocupada. Mi vida está a punto de llevarme en otra dirección y pronto me iré de Londres y dejaré el trabajo de modelo.

Estaba firmada sencillamente con su nombre, nada más. Marc dejó caer la mano que sujetaba la nota.

Su corazón latía tan acelerado como si acabase de correr una maratón, como si el peso que lo había aplastado durante esos meses se hubiera apartado. La impenetrable barrera había desaparecido.

–Su coche está listo, *monsieur* Derenz –dijo el mayordomo.

Marc frunció el ceño. No tenía intención de ir a la ópera, ya no. Un destino muy diferente lo llamaba.

Los latidos de su corazón eran ensordecedores y la carta que tenía en la mano parecía quemar sus dedos.

Decidido, miró a su mayordomo y le dio unas instrucciones. Nuevas instrucciones. Preparar una bolsa de viaje y pedirle al chófer que lo llevase al aeropuerto de Le Bourget, no a la ópera. Escribir una nota de disculpa para sus clientes y reservar un vuelo a Londres.

Una sola palabra se repetía en su cabeza: Tara.

No había aceptado nada de él, absolutamente nada. Ni el dinero que se había ganado, ni los vestidos de alta costura, ni el collar de esmeraldas. Nada en absoluto. ¿Y qué decía eso sobre ella?

La emoción contenida durante tantas angustiosas semanas, tantos días y noches negándose ese deseo, explotó dentro de él.

Podía recuperarla.

Tara, la mujer a la que seguía deseando, en la que no podía dejar de pensar. Podía tenerla de nuevo.

Nunca había experimentado tal estallido de felicidad.

Capítulo 10

TARA caminaba por el duro pavimento de Londres, tan rápidamente como era posible con ese calor. El verano había llegado y el aire de la ciudad era pegajoso, asfixiante después del aire fresco del campo. Estaba cansada y empezaba a notar los cambios en su cuerpo.

Había llegado de Dorset en tren esa mañana y tenía varias gestiones que hacer. La primera, ir a una agencia de modelos especializada en las únicas fotografías que podría hacer a partir de ese momento para ver si la aceptaban. La segunda, ir a su banco para repasar su situación económica.

Ahora que no podía contar con las diez mil libras de Marc no sería tan fácil mudarse a Dorset inmediatamente, pero hacerlo era imperativo. Tenía que empezar con su nueva vida mientras le fuera posible. Necesitaría un coche de segunda mano porque no podría arreglárselas sin transporte y aún no había reformado la cocina y el baño.

Había esperado conseguir un préstamo para solucionar todo eso, pero no le habían dado muchas esperanzas porque sus ingresos eran inciertos. Era un cliente de riesgo, le habían dicho.

Habría sido mucho más fácil quedarse con las

diez mil libras, pensó, más prudente. O vender el collar y quedarse con el dinero por lo que pudiera pasar. Pero ella sabía lo que debía hacer.

Le había enviado una carta varios días atrás dejando eso bien claro. Tal vez Marc estaba acostumbrado a regalar joyas a las mujeres con las que mantenía aventuras, pero para tales mujeres, que sin duda formaban parte de su mundo privilegiado, un collar de esmeraldas sería una bagatela.

Para ella, sin embargo, era demasiado. Si le hubiera dado un regalo de despedida de poco valor, algo personal, lo habría guardado como recuerdo.

Más que un recuerdo, un legado.

Estaba llegando a su último destino en ese momento, la exclusiva joyería de Mayfair donde Marc le había comprado el collar y donde iba a pedir que se lo devolviesen. Ellos sabrían qué hacer, cómo asegurarse de que la joya llegase intacta.

Cuando se hubiese librado de ella se sentiría más tranquila y no tendría la tentación de quedársela. Y tampoco tendría que luchar contra una tentación más grande que quedarse con las esmeraldas.

Había dado mil vueltas a la situación y no había otra salida. Marc había roto con ella y no debía esperar nada, ni siquiera ahora. Especialmente ahora.

Apresuró el paso para dirigirse a la puerta de la joyería, protegida por un guardia de seguridad, pero cuando iba a entrar estuvo a punto de chocar con alguien que salía en ese momento.

–¡Señorita Mackenzie!

Tara se detuvo, atónita, mientras Hans Neuberger se acercaba a ella con una sonrisa en los labios.

–¡Hans!

–Cuánto me alegro de volver a verte, Tara. ¿Quieres que comamos juntos? Di que sí, por favor. Al menos, claro, que tengas otro compromiso.

–Pues… no –Tara seguía intentando recuperarse de la sorpresa y no se le ocurrió ninguna excusa.

–Ah, entonces vamos. Conozco un restaurante estupendo cerca de aquí.

Parecía tan entusiasmado que Tara no quería herir sus sentimientos, por tumultuoso que fuese volver a ver al amigo y mentor de Marc. De modo que dejó que la llevase al otro lado de la calle, al hotel donde Marc había dejado a Celine la noche que se conocieron.

Hans la empujó suavemente hacia el vestíbulo. Parecía muy alegre. Haberse librado de Celine le había sentado muy bien.

Y eso le dijo, aunque fue más generoso con la rubia de lo que debería.

–No supe hacerla feliz –dijo con cierta tristeza mientras se sentaban a la mesa del restaurante–. Así que me alegro de que haya encontrado a otro hombre. Ruso esta vez. Ahora mismo están navegando por el Mar Negro en su nuevo yate. Me alegro por ella.

–Y yo me alegro por ti.

Tara intentó disimular lo que pensaba de Celine. Además, ya daba igual.

–Pero, bueno háblame de ti. Cuéntame qué estás haciendo. Yo he estado ocupado con… bueno, con el divorcio, pero espero que Marc y tú sigáis juntos.

Tara tragó saliva.

–No –respondió por fin–. Marc y yo... en fin, ya no estamos juntos.

–¿De verdad? –exclamó Hans, apenado–. Lo siento mucho. Yo creo que eras perfecta para él. Marc tiene una personalidad muy contundente y tú eras perfecta porque tienes carácter.

–Sí, bueno, está en mi naturaleza no amedrentarme ante nada.

Hans rio.

–Dos almas gemelas encontrándose.

–Sí, y luego separándose. Todo ha terminado.

–Es una pena. Me gustaría que fuese de otro modo.

–Así es la vida. Marc y yo lo pasamos muy bien juntos, pero…. en fin, se terminó.

Quería cambiar de tema urgentemente, pero volver a ver a Hans había despertado tantos recuerdos. Y ella no quería recordar. No podía recordar porque le dolía demasiado.

–Bueno, ¿qué te ha traído a Londres? –le preguntó, tomando la carta que le ofrecía el camarero.

–He llegado esta mañana. Mi hijo Bernhardt y su prometida se reunirán conmigo esta noche. Su futura suegra era amiga de mi difunta esposa y, como yo, es viuda desde hace unos años. Siempre nos hemos llevado bien y ahora, con el compromiso de nuestros hijos, tenemos mucho en común. Tanto que… en fin, cuando haya conseguido el divorcio, Ilse y yo pensamos casarnos. Y nuestros hijos están encantados.

Tara esbozó una sonrisa.

–Cuánto me alegro, Hans, de verdad.

Como había esperado, el amable y encantador

Hans iba a volver a casarse y, en esa ocasión, con una mujer estupenda.

–Puede que te preguntes por qué salía de esa elegante joyería –dijo él entonces, sacando una cajita del bolsillo de la chaqueta. Y no había que ser un lince para saber lo que contenía–. ¿Crees que le gustará? –le preguntó, abriendo la cajita.

Lo había preguntado con tanta ilusión que Tara no pudo evitar una sonrisa.

–¡Es precioso! –exclamó, tocando el espectacular anillo de diamantes–. Le encantará, estoy segura. Ilse es una mujer muy afortunada.

Y entonces, porque se alegraba tanto de que hubiese encontrado la felicidad, se inclinó hacia delante para darle un beso en la mejilla.

–Deja que sea la primera en felicitarte.

Marc volvió a subir al coche, frustrado. Estaba deseando encontrar a Tara, el imperativo deseo de volver a verla lo empujaba como una ola imparable.

Era libre para recuperarla, para hacerla suya de nuevo. Nada lo detenía, ya no. Si hubiera sido una buscavidas no le habría escrito esa carta, no le habría devuelto el dinero o el collar.

Sacó la carta del bolsillo de la chaqueta y volvió a leerla como había hecho tantas veces, con un gesto de frustración. Saber que podía recuperarla, que podían retomar lo que habían vivido en Cap Pierre y no ser capaz de encontrarla…

Era intolerable, insoportable.

Pero no la encontraba. Había ido a su apartamento

la noche anterior, directamente desde el aeropuerto, pero la joven que abrió la puerta le dijo que Tara se había marchado y no había dejado una dirección.

Esa mañana había ido a la agencia de modelos, pero allí le informaron de que ya no trabajaba para ellos y que, por razones de confidencialidad, no podían darle su número de teléfono que él, absurdamente, nunca le había pedido. Le dijeron que lo llamarían si sabían algo de ella, pero nada más.

Intentó contener su enfado llamando a la sucursal del banco Derenz en Mayfair, pero no quería hablar con nadie, nada le interesaba salvo encontrar a Tara. El deseo, que su carta había desbocado, lo empujaba a buscarla, a reclamarla.

Pero no había comido nada desde el desayuno y le indicó al conductor que lo llevase al hotel. El mismo hotel al que había llevado a Celine la noche que conoció a Tara. La había deseado entonces, había sentido el golpe del deseo desde el momento que la vio. Había vuelto a sentirlo cuando se sentó a su lado en la limusina y, de nuevo, cuando tomó su mano para besar su muñeca en un gesto inesperado hasta para él. Quería demostrarle que podía mostrarse hostil y antipática, pero no era inmune como no lo era él. Y cuando hicieron el amor…

Marc esbozó una sonrisa, recordando esos momentos.

Recordó su primera noche, la sensual felicidad que provocaba cada encuentro, cada beso.

Podrían ir al Caribe, a las Maldivas o tal vez a las islas Seychelles. Donde ella quisiera. Incluso podrían alquilar una isla para ellos solos.

Noches bajo la estrellas, días en playas de arena blanca, bañándose en el agua de color azul turquesa, descansando bajo las palmeras y disfrutando de la brisa tropical.

El chófer estaba abriendo la puerta y Marc salió del coche. Comería algo rápidamente y luego volvería a la agencia de modelos. Había enviado a un empleado de la oficina de Londres a la puerta de su apartamento, por si Tara aparecía por allí.

Tenía que estar en algún sitio y la encontraría. La tendría de vuelta en su vida, donde debía estar.

Entró en el restante del hotel, consumido por la urgencia de encontrarla, impaciente por tener de nuevo a su lado a aquella mujer de inolvidable belleza...

–Buenas tardes, señor Derenz. ¿Va a comer con nosotros?

–Sí –respondió él, distraído, mirando alrededor.

Y se quedó helado.

Tara, era Tara. Allí, a unos metros, sentada a una mesa con un hombre que estaba de espadas a él. Un hombre al que miraba con una sonrisa en los labios.

Vio que el hombre le mostraba algo brillante, la vio inclinarse hacia delante y sonreír. Vio que alargaba una mano para tocar lo que le ofrecía, con una sonrisa de felicidad que iluminaba su rostro. Y luego la vio incorporarse para besar al hombre al que acababa de reconocer.

Un recuerdo lo cegó en ese momento. Marianne en el restaurante, sentada con otro hombre, con un diamante en el dedo, levantando la mano para que él lo viese.

Marc dio media vuelta, cegado de dolor.

Tara giró la cabeza entonces y abrió los ojos de par en par en un gesto de incredulidad.

¿Marc?

Su corazón se rompió en pedazos. Porque era Marc. Marc la había visto y había dado media vuelta para salir del restaurante.

No había querido saludarla. O reconocer su presencia siquiera.

Su corazón se encogió de tal modo que era incapaz de respirar, pero tenía que calmarse. Si Hans notaba su reacción se preguntaría por qué. Si giraba la cabeza vería a Marc saliendo del restaurante. Podría ir tras él, intentar llevarlo a la mesa. Y tendría que hablar con el después de haber visto que se daba la vuelta para no saludarla.

Si necesitaba una última prueba de que todo había terminado entre ellos, allí estaba. Una prueba brutal y definitiva.

Tenía que salir de allí, pero temía encontrarse con él en la calle. Marc ni siquiera había querido saludarla y volver a verlo sería demasiado humillante.

—Hans, perdona, pero me temo que no puedo quedarme a comer —se disculpó a toda prisa. La excusa era poco creíble, pero tenía que irse—. Por favor, perdóname.

Cuando se levantó, Hans hizo lo propio, mirándola con cara de sorpresa.

—Pero Tara…

—Me alegro tanto por ti, de verdad. Espero que volvamos a vernos algún día —lo interrumpió ella, mirando hacia la puerta del restaurante

Iba a salir por allí, pero lo pensó mejor y se dirigió a la puerta que daba al vestíbulo del hotel, pensando que así evitaría un encuentro con Marc.

Pero en ese preciso momento, el hombre alto que estaba frente al mostrador de recepción se giró abruptamente y chocó con ella.

Era Marc.

Capítulo 11

DEJANDO escapar un grito, Tara intentó apartarse, pero el contacto la había desequilibrado. Marc tomó su mano para sujetarla, pero enseguida la soltó como si se hubiese quemado.

Tara no podía pensar, no podía hacer nada más que dar un paso atrás.

—Marc, pensé que te habías ido.

Él la miraba con gesto impasible, intentando disimular la emoción que había sentido al verla. Estaba cancelando la reserva de su habitación. ¿Para qué seguir allí?

Sabía que tenía que decir algo, ¿pero qué podía decir?

Las únicas palabras que se le ocurrían eran irrelevantes.

—Me marcho ahora mismo.

¿Había ido corriendo tras él? ¿Pero por qué? Ya no lo necesitaba. No, Tara ya no lo necesitaba en absoluto, pensó, sintiendo una furia salvaje.

¡Hans! Cielo santo, precisamente su amigo Hans. Un idiota enamorado ofreciéndole ese anillo de diamantes para que ella lo luciese. Como había hecho Marianne.

Estaba furioso como nunca, angustiado como

nunca. Pero no quería que Tara se diese cuenta. Al menos, le negaría eso.

Ella lo miraba, consternada. ¿Iba a intentar darle una explicación, a justificarse? No quería ni pensarlo.

Pero no hizo referencia a la escena que acababa de presenciar. En lugar de eso, parecía decidida a entablar conversación.

—Yo también me iba del hotel...

Tara no sabía qué decir, qué hacer.

«Dios, no dejes que piense que quiero que me lleve a casa».

Se había sentido humillada cuando le pidió que la llevase a Nueva York y él la rechazó. Y no quería volver a sentirse así.

Aquel encuentro era una pesadilla, un tormento insoportable. Por su actitud, estaba claro que volver a verla era lo último que deseaba. Su postura tensa, su expresión formidable. No podía dejar más claro que no quería hablar con ella.

«No quiere saber nada de mí». «Ni siquiera ha querido saludarme, ni siquiera ha saludado a su amigo Hans».

¿Podría haber dejado más claro que solo quería librarse de ella lo antes posible?

Haciendo un esfuerzo, Tara levantó la barbilla.

—Debo irme —le dijo, intentando que su voz sonase firme.

Tragó saliva, intentando calmarse, pero sus emociones eran tan violentas. Había algo que debía dejar tan claro como lo estaba dejando Marc: que también ella había seguido adelante, que no quería saber nada de él.

La emoción la ahogaba, pero se obligó a decirlo. Se lo había dicho en la carta y ahora lo diría de nuevo, para asegurarse de que lo entendía.

–Me iré de Londres muy pronto. He dejado mi trabajo de modelo y estoy deseando marcharme –empezó a decir, fingiendo un entusiasmo que no sentía y haciendo un esfuerzo para pronunciar cada palabra.

Marc seguía mirándola con gesto impasible.

–Espero que disfrutes de tu nueva vida –respondió, con una indiferencia que fue como un golpe.

–Gracias, tengo intención de hacerlo. Hans sigue en el restaurante, por cierto –dijo Tara, con su mejor y más ensayada sonrisa de modelo, agarrándose a eso como si fuera un salvavidas–. Seguro que querrá saludarte. Tiene una buena noticia que darte, pero será mejor que te lo cuente él.

Angustiada por esa expresión indiferente, y sin saber qué hacer, se cambió el bolso de mano. Al hacerlo, recordó algo. No había tenido ocasión de entrar en la joyería.

Para dar por finalizado lo que había habido entre ellos, porque ya no era nada para Marc, que esperaba con gesto impaciente que se marchase, Tara abrió el bolso.

–Ahora que lo pienso, este encuentro es más que oportuno –le dijo–. Iba a la joyería para pedirles que te enviasen el collar como te prometí, pero ya que nos hemos encontrado…

Sacó la caja del collar y se la ofreció.

Él la tomó sin decir nada y la guardó en el bolsillo de la chaqueta.

Durante un segundo, solo un segundo, Tara siguió mirándolo como si quisiera grabar ese rostro en su memoria de forma indeleble.

Miles de pensamientos se formaban en su cabeza. Aquella sería la última vez que se vieran y saber eso la ahogaba.

–Adiós, Marc –se despidió, casi sin voz.

Dio media vuelta y se dirigió a la puerta del hotel, cegada de dolor. Alejándose del hombre que no quería saber nada de ella, al que nunca volvería a ver.

Unas ardientes lágrimas empezaron a rodar por sus mejillas. Unas lágrimas tan inútiles…

Marc estaba inmóvil en el salón del hotel parisino, saludando con una sonrisa helada a todos los invitados. Era la fiesta de otoño del banco, que organizaban para sus mejores clientes, y no tenía más remedio que asistir. Pero había un cliente cuya presencia esa noche temía más que ninguna.

Hans Neuberger.

¿Aparecería? Era uno de los mejores clientes del banco Derenz y nunca se perdía esa ocasión. ¿Pero ahora…?

Marc no quería seguir pensando, pero no podía enfrentarse con Hans en ese momento. Tal vez nunca.

¿La llevaría allí?

Esa era la pregunta que daba vueltas en su cabeza mientras saludaba a los invitados. Solo podía pensar en eso. Durante esas semanas, desde aquel aciago encuentro en Londres, solo podía pensar en la escena que había presenciado. Esa escena de pesadilla que estaba grabada a fuego en su mente.

Tara inclinándose hacia delante, con el rostro iluminado por una sonrisa, Hans ofreciéndole una cajita con el logotipo de una famosa joyería, revelando el brillo de un anillo de diamantes. Y Tara tocándolo, Tara dándole un beso de gratitud en la mejilla con los ojos brillantes…

Como tantos años atrás, cuando vio a Marianne engañándolo con otro hombre, declarando al mundo lo que quería… y no era él.

Marc hizo una mueca. Pensar que había creído que Tara había rechazado el dinero, que le había devuelto el collar de esmeraldas porque nada de eso le importaba.

Claro, ¿y por qué no? Ahora tenía el dinero de Hans para gastarlo como quisiera.

Ese pensamiento despertó una furia salvaje en su interior. Gracias a que se había encaprichado de ella, Tara había probado una vida de lujos y privilegios. Cuando la dejó, cuando supo que no iba a tener eso de forma permanente con él, había buscado una presa más fácil, alguien que pudiera dárselo para siempre. Y había engatusado a Hans con su simpatía, con su encanto, con su extraordinaria belleza.

Ella no sería despectiva como Celine, pero era lo mismo. Y todo para conseguir lo que quería: el anillo de Hans en su dedo, su fortuna.

Marc sacudió la cabeza. ¿Por qué sentía tal furia? ¿Por qué se sentía traicionado?

Había sobrevivido a lo que le hizo Marianne y sobreviviría a la traición de Tara. Pero mientras saludaba a los últimos invitados, se encontró mirando hacia la puerta del hotel.

¿Iría esa noche con Hans?

Experimentó entonces una oleada de emoción. Y no era de ira o de rabia sino de anhelo.

Un anhelo angustioso.

Él conocía bien esa sensación. Sabía de su fuerza, de su agonía. La había sentido una vez, tras la muerte de sus padres.

El anhelo, el insoportable anhelo de volver a ver a aquellos a los que había perdido para siempre.

Como había perdido a Tara.

Tara, que nunca volvería a ser suya…

–Marc, siento llegar tarde –dijo una voz masculina a su lado.

Era Hans, solo.

Marc se quedó inmóvil. Incapaz de decir nada, incapaz de procesar sus pensamientos.

–Nos hemos retrasado un poco. He venido con Bernhardt y Karin, su prometida –Hans esbozó una sonrisa–. Y espero que no te moleste, pero también he traído a alguien que se ha convertido en una persona muy querida para mí.

Marc lo escuchaba conteniendo el aliento.

–Por supuesto, hasta que haya terminado con el asunto del divorcio, no puedo hacer el anuncio oficial, así que la noticia también será una sorpresa para ti.

La expresión de Marc se volvió salvaje.

–No, lo sé desde hace semanas –le espetó con tono atormentado, tan atormentado como su estado de ánimo–. Hans, esto es una locura. Han vuelto a engañarte. ¿No has aprendido nada de tu matrimonio con Celine? ¿Cómo puedes repetir el mismo error? Por enamorado que estés, ten el sentido común de no hacer esto.

Hans lo miraba con gesto de asombro.

–Sé perfectamente lo que era Celine y sé también que fue un error de juicio por mi parte, pero…

–¡Tara es igual que Celine! –lo interrumpió Marc.

Silencio, total silencio. Marc podía escuchar voces alrededor, ruido de copas. Y, por dentro, el trueno de su corazón, ahogando todo lo demás. Incluso su propia voz.

–¿Crees que no os vi comiendo en el hotel, en Londres? Tara y tú… –su voz se volvió ronca al pronunciar ese nombre–. Vi el anillo que le regalaste, vi cómo se iluminaba su rostro y vi que estaba deseando ponérselo. Y también vi lo contenta que estaba cuando te dio un beso en la mejilla.

Hans lo miraba, atónito.

–¿Te has vuelto loco?

Marc sacudió la cabeza. No, no estaba loco. Experimentaba un sinfín de violentas emociones, pero no estaba loco.

Hans puso una mano en su brazo, con sorprendente fuerza para un hombre de su edad.

–Marc, no puedes haber pensado… lo que viste, lo que creíste ver, era la reacción de Tara ante la noticia de que voy a casarme. Pero si has pensado que iba a casarme con ella…

Hans soltó su brazo cuando tres personas se acercaron para saludarlo.

Mientras lo hacía, de forma automática, Marc

miró a Bernhardt, una versión más joven de Hans, con Karin, su prometida. Y, a su lado, una mujer de mediana edad que tenía cierto parecido con Karin. Una mujer que sonreía a Hans sin poder disimular su afecto… y que llevaba en el dedo anular un anillo de diamantes.

Hans se volvió hacia él cuando los invitados se alejaron.

–Permite que te presente a *frau* Ilse Holz, la madre de Karin. Ilse me ha hecho el gran honor de aceptar mi proposición de matrimonio.

Marc podría haber saludado a Ilse, no estaba seguro. Podría haber dicho lo que debía decir, incluso haberles deseado felicidad, pero no lo recordaba porque solo podía pensar en una cosa.

Tara.

Después de saludarlo, Bernhardt se alejó con su prometida y con la mujer que pronto sería su suegra y su madrastra al mismo tiempo.

Hans se detuvo un momento antes de seguirlos, mirando a Marc con un gesto de compasión.

–Vete –le dijo al oído–. Esto no es importante. Tienes asuntos más urgentes que atender. Así que vete, amigo mío.

Y Marc se fue. Sin pensarlo dos veces, dio media vuelta y salió del hotel.

Capítulo 12

UN MIRLO estaba saltando por el jardín, picoteando el alpiste que Tara esparcía cada mañana. Unas cuantas avispas zumbaban alrededor de lo que quedaba de la lavanda. El día tenía un aire soñoliento, como si el verano no quisiera hacer las maletas y dejar el jardín, prefiriendo hacer un cortés y lento traspaso a la sucesiva estación.

Tara se alegraba. Era tan agradable estar sentada en el jardín, en un sillón de mimbre, recibiendo los últimos rayos del sol con un jersey ligero, unos pantalones de algodón y unas zapatillas de tela.

Las hojas de los árboles que bordeaban el jardín empezaban a volverse de color cobre, pero aún quedaban hojas verdes. Un tiempo de transición, desde luego.

Se había mudado por fin varias semanas antes, pero solo ahora sentía que el cambio era permanente.

Como tantas otras cosas.

Ya no tenía una delgadísima figura de modelo. Sus facciones se habían suavizado, su abdomen era redondeado y sus pechos parecían más grandes.

Sus pensamientos parecían rondar, como las estaciones, entre su antigua vida y la nueva en la que acababa de embarcarse. Sabía que debía mirar hacia delante, hacia el futuro. ¿Qué otra cosa podía hacer? Debía aceptarlo, como la llegada del próximo otoño, del invierno. Disfrutar de lo que pudiese ofrecerle.

Se llevó una mano al abdomen con expresión ausente. No debía lamentar el tiempo que había pasado para siempre, el breve y precioso tiempo de su idilio, tanto tiempo atrás, tan lejos, en la Costa Azul. No, nunca debía lamentar ese tiempo, aunque debía aceptar que había terminado para siempre, que no volvería nunca. Que Marc ya no formaba parte de su vida.

Un sollozo escapó de su garganta.

«Nunca volveré a verlo, nunca volveré a escuchar su voz, nunca volveré a sentir el roce de sus labios, su mano en la mía, nunca lo veré sonreír, nunca volverá a abrazarme».

¿Cómo había podido enamorarse de él en tan poco tiempo?

«Me enamoré de él sin saberlo. No lo supe hasta que me dejó, hasta que comprendí que no volvería a verlo nunca».

Sintió esa oleada de angustia de nuevo. ¿Pero qué sentido tenía estar angustiada? Tenía que hacerse un futuro, y no solo por ella misma sino por algo mucho más precioso, el regalo que le había dejado Marc. No su dinero, eso no le importaba. Aquel era un regalo mucho más preciado.

Un regalo del que él nunca debería saber nada.

Tara se llevó una mano al abdomen en un gesto tan antiguo como el tiempo.

Nunca volvería a ver a Marc y el dolor de haberlo perdido no la dejaría nunca, pero su regalo estaría con ella toda la vida. El único bálsamo para una angustia interminable.

En las ramas del manzano había un petirrojo cantando, a lo lejos oía el ruido de un tractor, el zumbido de las avispas. Empezaba a quedarse adormecida...

Sintió que se le cerraban los ojos, y el sueño se apoderó de ella cayendo como un suave velo.

Pronto, otro jardín apareció en el paisaje imaginario, con follaje verde, buganvillas y un sol brillante sobre una piscina de agua azul turquesa.

Y Marc dirigiéndose hacia ella, alto, fuerte, recortado contra un cielo sin nubes. Sintió que su corazón saltaba de alegría y entonces, de repente, abrió los ojos. Algo la había despertado. Un sonido extraño. El motor de un coche, ronco y poderoso. Recordó el rugido del descapotable de Marc...

Y entonces experimentó otra emoción.

Alarma.

La casita estaba al final de un camino que llevaba al campo. No había más casas por allí. ¿Quién sería? Ella no esperaba a nadie.

Se incorporó en el sillón para mirar hacia el camino, pero se sintió mareada. ¿Se había levantado demasiado aprisa o aún seguía dormida y estaba soñando?

Porque alguien se dirigía hacia ella, alguien alto y fuerte, recortado contra un cielo sin nubes. Alguien que no debería estar allí, alguien a quien había creído que no volvería a ver jamás.

Pero la visión quemaba sus retinas, su atónito e incrédulo cerebro.

¿Estaba soñando?

De nuevo, intentó levantarse del sillón, pero se tambaleó y Marc llegó a su lado en un instante para sujetarla. Y apartó las manos enseguida.

Había hecho el mismo gesto el día que se encontraron en el hotel, soltándola como si no pudiese soportar tocarla.

Tara se agarró al respaldo del sillón, incrédula, mirándolo como si lo viese por primera vez, oyendo los locos latidos de su corazón, sintiendo una emoción abrumadora.

Pero la aplastó. Fuera lo que fuera lo que iba a decirle, lo haría y luego se marcharía.

¿Lo sabría?, se preguntó entonces, angustiada.

«Dios mío, que no sepa nada. Eso sería lo peor porque si lo sabe…».

No quería ni pensar en ello.

—¿Qué haces aquí? —le preguntó por fin.

Estaba tenso, su rostro hermético. Más inexpresivo que nunca.

Sin embargo, había algo diferente en su mirada, algo que no había visto antes.

—Tengo algo que darte —respondió.

Su tono era remoto, desapasionado. Pero diferente

—¿Qué? —preguntó ella, desconcertada.

—Esto.

Había metido una mano en el bolsillo de la chaqueta y, mientras esperaba, con el pulso acelerado y las piernas temblorosas, Tara experimentó un anhelo que no debería experimentar. Por mucho que estuviese allí, tan real, tan cerca.

Vio el forro gris de la chaqueta, el brillo de un

bolígrafo de oro en el bolsillo. Y luego vio lo que estaba ofreciéndole. Reconoció de inmediato la elegante caja de terciopelo que le había devuelto aquel día horrible en Londres, el día que había matado su última esperanza de que Marc sintiese algo por ella.

Tara negó con la cabeza.

–Te dije que no lo quería. Sé que lo haces con buena intención, pero debes entender por qué no puedo aceptarlo –le dijo, consternada.

¿Por qué había ido allí? ¿Para pedirle que se quedase con el collar?

Seguía mirándola con gesto inexpresivo, los ojos velados, impenetrables, pero un nervio latía en su frente y unas arrugas profundas se formaban alrededor de su boca, como si estuviese apretando el mentón con todas sus fuerzas.

No lo entendía. Lo único que entendía era que verlo de nuevo era una agonía, una tortura. Tenía que hacer un esfuerzo para sostenerse de pie.

–Es una pena –dijo Marc, dejando la caja sobre la mesa–. Una pena porque las esmeraldas te quedarían mucho mejor que los diamantes.

Tara frunció el ceño.

–No te entiendo.

Él esbozó una sonrisa triste, como si estuviera riéndose de sí mismo.

–Te quedarían mucho mejor que el anillo de diamantes que te ofreció Hans.

–¿Que me ofreció…? Hans me «enseñó» el anillo. Por Dios, Marc, no puedes haber pensado…

No podía haber pensado eso, era imposible, absurdo.

Él se aclaró la garganta, un sonido que parecía arrancado de lo más hondo de su ser.

–Vemos lo que queremos ver –dijo entonces, con tono burlón–. Vemos lo que tememos ver.

–No entiendo –repitió Tara, con el corazón acelerado.

–Yo tampoco. No lo entendí en absoluto. No entendí cómo podía volver a hacer el ridículo otra vez, aunque en esta ocasión era culpa mía.

Allí estaba Tara, en aquel sitio que había sido tan difícil de localizar. Después de interrogar a sus compañeras de piso descubrió que había contratado una furgoneta para llevarse sus cosas. Se había puesto en contacto con la empresa de mudanzas y luego, por fin, había alquilado un coche para ir a Dorset, pisando el acelerador como nunca.

Tanto dependía de aquello. Todo dependía de aquello.

–Cuando me miras, Tara, ¿qué es lo que ves?

Ella tragó saliva, pensando algo que no debería decir en voz alta.

«Veo al hombre al que amo, pero que nunca me ha amado. Veo al hombre que no quiere saber nada de mí, aunque yo sigo deseándolo y siempre será así. Ese es el hombre al que veo, al que veré siempre. Y no puedo decírtelo porque tú no me quieres y yo no quiero cargarte con un deseo al que no puedes corresponder. Ni con el regalo que me has hecho».

Pensó todo eso, pero no podía decirlo. De todas formas, él estaba sacudiendo la cabeza, como hablando consigo mismo.

–¿Ves a un hombre rico y poderoso, un hombre

que vive en un mundo de lujos, rodeado de empleados, cuyo único propósito es proteger su herencia, las riquezas que posee, protegerlas de cualquiera que quiera arrebatárselas, de cualquiera que quiera ponerle en ridículo?

–No te entiendo, Marc.

–Viste a Celine con Hans, viste cómo se aprovechaba de él. Tú viste qué clase de persona era –Marc hizo un gesto de desdén–. Yo soy más rico que Hans, pero tan vulnerable como él –dijo entonces, con una sonrisa de burla, de disgusto consigo mismo–. La única diferencia es que yo lo sé. Lo sé y me protejo continuamente. Me protejo contra todas las mujeres que conozco y lo hago de un modo muy sencillo: solo tengo relaciones con mujeres de mi estatus social, mujeres que son ricas y que, por lo tanto, no ansían mi dinero. Era una estrategia que me había funcionado hasta ahora… –hasta que te conocí. Me he saltado todas mis reglas por ti, Tara. Sabía que era un error, que no era sensato, pero no pude evitarlo. Tú me tentabas con tu belleza, con tu encanto, con tu descaro, desafiándome todo el tiempo. Pero solo era un papel y eso me atormentaba. Así que, cuando por fin nos libramos de ese maldito papel, solo podía pensar que debía ser cauto, que no debía saltarme las reglas que me había impuesto desde que era muy joven.

–No todas las mujeres son como Celine –dijo Tara entonces.

Su tono era triste, casi compasivo, una compasión que Marc no podía soportar.

–¿Y cómo voy a distinguirlas? Una vez creí que

sabía hacerlo. Entonces era joven y arrogante, seguro de mí mismo y de la mujer a la que deseaba y que parecía quererme hasta que…

Estaba mirando a Tara, pero en realidad no la veía a ella. Solo podía ver el pasado, su error, la advertencia que lo había perseguido desde entonces.

—Hasta el día que la vi en un restaurante, con un anillo de diamantes y un hombre mucho mayor que ella y mucho más rico que yo.

Marc hizo un esfuerzo para olvidar el pasado y volver al presente.

—Esa última noche me pediste que te llevase conmigo a Nueva York, pero si te llevaba conmigo, ¿qué pasaría después? ¿Te llevaría a París? ¿Y qué querrías después de eso, qué empezarías a dar por sentado? —Marc hizo una pausa para tomar aliento—. Por eso rompí contigo, por eso me marché. Te dejé el collar de esmeraldas… para que no pensaras que podía haber algo más entre nosotros.

Después de decir eso se quedó en silencio, como esperando. ¿Pero esperando qué?, se preguntó Tara.

Le había dicho una verdad que ya conocía, de modo que irguió los hombros y levantó la barbilla para mirarlo a los ojos.

—Nunca lo pensé —dijo, con tono remoto—. Nunca pensé que podría haber algo más entre nosotros.

Lo había dicho. Y no era mentira, aunque tampoco fuese verdad, porque entre «pensar» y «esperar» había una gran diferencia.

—Pero yo sí —dijo Marc entonces—. Yo sí lo pensé. Y no quería que terminase, Tara. No quería que lo nuestro terminase, pero… tenía miedo.

Tara vio que fruncía el ceño, como si hubiese encontrado un obstáculo inesperado, un problema que no podía solucionar.

–¿Pero de qué sirve el miedo si destruye tu única esperanza de encontrar la felicidad? –murmuró entonces, como preguntándole al universo.

Cuando la miró, en sus ojos vio algo que no había visto antes. No podía ponerle nombre, pero la llamaba como a través de un abismo tan amplio como el mundo y tan estrecho como el espacio entre ellos.

Vio que tomaba la caja y la abría, vio el brillo verde de las gemas.

–Las esmeraldas te sientan bien –repitió–. Mucho mejor que los diamantes. Y por eso…

Marc dejó la caja sobre la mesa y metió la mano en el bolsillo de la chaqueta para sacar otro objeto. Una caja cuadrada esta vez, con el mismo logotipo que la caja del collar de esmeraldas. Luego sacó un anillo de la caja y lo puso en la palma de su mano.

–Es tuyo si lo quieres –le dijo, con expresión incierta, como para protegerse a sí mismo–. Junto con otra cosa que, espero, tenga valor para ti.

Los latidos de su corazón eran ensordecedores. Tara tragó saliva, pero no podía respirar.

–No te entiendo.

–Es mi corazón, Tara. Va con el anillo, si lo quieres…

Ella se llevó una mano a los labios para contener un sollozo.

–Marc, no lo digas. No lo digas si no lo sientes de verdad. No podría soportarlo.

–Es demasiado tarde. Ya lo he dicho y no puedo ni

quiero retirarlo. No quiero retirar nada, ni una sola palabra, ni un beso, ni un latido de mi corazón. Es demasiado tarde para tener miedo –le dijo, levantando la mano libre para tomar la suya y llevársela a los labios–. ¿De qué sirve el miedo? Tenía todas las pruebas que necesitaba… que me devolvieses el cheque, que te negases a aceptar el collar, los vestidos. Sin embargo, el miedo me hacía pensar que me habías ayudado a librarme de Celine solo para seducir a Hans…

–¡Marc!

–Perdóname, Tara. No era más que una absurda creación de mis miedos y ahora sé que no necesitaba ninguna prueba. Ahora sé que hay una única verdad.

Le dio la vuelta a su mano e inclinó la cabeza para rozar la delicada piel de su muñeca con los labios, como había hecho esa noche, tanto tiempo atrás.

Los ojos de Tara se llenaron de lágrimas. ¿Podría ser cierto?

–¿Aceptas mi corazón, Tara? Porque en él está la única verdad. El amor es la única verdad, lo único que necesito. Porque si tú me quieres, estoy seguro. A salvo de mis miedos –dijo Marc, mirándola a los ojos. Y en los suyos estaba todo lo que Tara había anhelado ver durante tanto tiempo–. Y si mi amor tiene algún valor para ti…

Dejando escapar un sollozo, Tara levantó los brazos para echárselos al cuello.

–He intentado olvidarme de ti… lo he intentado tan desesperadamente. Sabía que habías desaparecido de mi vida, pero no podía sacarte de mi corazón.

Esa verdad, que habría silenciado durante toda su vida, escapó de su garganta en un sollozo interminable, descargando todo lo que había guardado en su corazón.

Mientras la abrazaba algo cayó de su mano, pero Marc no se dio cuenta. No era importante. Solo aquello tenía sentido, solo aquello era precioso.

Tener a Tara entre sus brazos de nuevo. Tara, a quien él había apartado, a quien él había perdido.

Se había dejado llevar por el miedo y había estado a punto de destruir su única posibilidad de ser feliz. La abrazó ahora, murmurando suaves palabras, hasta que los sollozos cesaron y Tara dio un paso hacia atrás para mirarlo, con los ojos enrojecidos, gruesas lágrimas rodando por sus mejillas, los labios temblorosos, las facciones convulsas...

La mujer más bella del mundo.

–Una vez anuncié que eras mi prometida –dijo Marc con tono irónico–. Pero ahora... ahora no doy nada por sentado. Así que dime, te lo ruego, ¿si te propusiera matrimonio ahora, dirías que sí?

Tara rompió a llorar de nuevo y Marc la abrazó, acariciando su pelo hasta que dejó de llorar.

–No sé si me atrevo a seguir hablando –intentó bromear.

Ella sollozó de nuevo, pero esta vez la risa se mezclaba con las lágrimas. Sus preciosos ojos oscuros estaban nublados, pero en ellos veía lo que había anhelado ver y se inclinó para darle un beso suave, tierno, que calmó sus violentas emociones, dejando una vasta y maravillosa sensación de paz.

¿Aquello podía ser real? Pero lo era, era real.

Marc estaba allí, besándola, besándola para siempre...

Y entonces él se apartó, mirando alrededor con el ceño fruncido.

–¿Qué ocurre? –preguntó Tara.

–Tenía un anillo en algún sitio y lo necesito.

Ella miró alrededor y vio que algo brillaba sobre la hierba.

–¡Ahí!

Marc se inclinó para recogerlo y tomó su mano, que temblaba de forma convulsa, para ponerle el anillo en el dedo. Luego se la llevó a los labios para besar la delicada piel de su muñeca en un beso lleno de ternura. Un beso que era como un homenaje.

–Intuía que sentía algo más que deseo por ti, pero lo supe con certeza hace unos días, durante la fiesta del banco, a la que Hans acude cada año –empezó a decir en voz baja, mirándola a los ojos–. Lo supe entonces porque, a pesar de estar furioso por lo que creí que habías hecho, sentía un anhelo insoportable de volver a verte, Tara. Tan insoportable como el anhelo de ver a mis padres cuando murieron...

–Marc...

Él volvió a abrazarla y, de repente, se echó hacia atrás.

–Tara... –murmuró con gesto sorprendido, mirando su abdomen.

Y ella se dio cuenta de que lo había notado. Había descubierto su secreto.

–Pensé que no querías saber nada de mí y yo no quería obligarte a nada.

Marc dejó caer las manos y dio un paso atrás, mirándola con expresión atribulada.

–Deberías habérmelo dicho.

–¿Estás enfadado?

–Solo conmigo mismo porque mis miedos podrían haberme costado la felicidad – murmuró Marc, sombrío, grave–. Y casi me han costado algo más. Quería pruebas de que no valorabas mi dinero por encima de mí, pero esta es la mayor prueba de todas, que estuvieses dispuesta a criar a nuestro hijo sola… sin decirme nada, sin reclamarme nada.

–No quería que te sintieras obligado, pero ahora…

Tara sonrió, tomando su mano para ponerla sobre su hinchado abdomen. Al ver que los ojos de Marc se iluminaban su corazón levantó el vuelo.

Marc murmuró unas palabras en francés, tiernas y sentidas. No sabía lo que había dicho, pero no hacía falta.

–Voy a perder la figura, me convertiré en un globo –le advirtió–. Ya no te gustaré.

Enseguida vio ese familiar brillo en sus ojos, esa mirada que siempre hacía que se derritiera.

–Siempre me gustarás, siempre te desearé –le prometió él.

Tara era tan feliz que sintió que se elevaba del suelo. ¿O era Marc, tomándola en brazos?

–Marc, ¿esto es real? Dime que sí porque no puedo ser tan feliz. ¿Cómo es posible?

El futuro que se cernía sobre ella, triste y solitario, salvo por el más preciado recuerdo de su breve encuentro, se había convertido en un presente maravilloso y un futuro lleno de esperanza.

Marc la apretó entre sus brazos.

–Tan real como lo es para mí.

Sentía una felicidad abrumadora, una que no había vuelto a sentir desde que era niño. Tara era suya para siempre y, además, iba a darle el más maravilloso de los regalos, un hijo.

Mientras se dirigían a la casa miró alrededor, como viéndola por primera vez.

–¿Esta es la nueva vida que querías?

Tara sonrió, echándole los brazos cuello.

–Una nueva vida y una antigua. La casita era de mis abuelos y me la dejaron a mí. Siempre ha sido mi refugio.

–Será nuestro refugio –dijo Marc– si permites que la comparta contigo. De hecho, me parece un sitio ideal para nuestra luna de miel.

Sonriendo, entró en la casa y se dirigió a la escalera. Debía haber un dormitorio arriba, camas…

Inclinó la cabeza para buscar sus labios mientras la llevaba arriba y siguió sus indicaciones para llegar al dormitorio. Una vez allí, la depositó sobre una antigua cama con cabecero de bronce que crujió bajo su peso.

–Me parece una idea maravillosa pasar nuestra luna de miel aquí –dijo Tara, tan feliz que sentía que estaba a punto de explotar.

La respuesta de Marc fue un gruñido de satisfacción mientras empezaba a quitarse la ropa sin dejar de besarla, unos besos que durarían una vida entera.

Epílogo

MARC estaba en la terraza de la villa de Cap Pierre, con su hijo en brazos. En el jardín, bajo una enorme sombrilla frente a la piscina, Tara descansaba en una tumbona.

Allí era donde lo había seducido, fascinado, donde había encendido una llama de amor que había extinguido sus miedos y que ahora quemaba con un fuego eterno.

Cuando se acercó, Tara se incorporó con una sonrisa en los labios y alargó los brazos hacia él.

–El té de las cinco está servido, señorito Derenz –dijo, preparándose para darle el pecho al niño.

Riendo, Marc la besó en la frente, y luego se volvió hacia las dos figuras con uniforme militar que salieron de la casa para dirigirse hacia ellos.

–¿Dándole el pecho a mi nieto? Muy bien –dijo el comandante Mackenzie con tono de aprobación.

–¿Se agarra bien? –le preguntó la otra comandante Mackenzie–. Es importante que se agarre bien.

–Mamá, no soy uno de tus subordinados –protestó Tara, riendo y tocando la hamaca para que su madre se sentase a su lado.

Sus padres habían recibido la noticia de su matrimonio con gran alegría. De hecho, su madre había organizado la boda en la pequeña parroquia cerca de la casita con precisión militar. Y su padre había reunido una guardia de honor para los novios formada por militares de su regimiento.

Había lágrimas en los ojos de su madre, pero solo las había visto Tara. Y solo ella la había oído decir, emocionada:

—Ese guapísimo novio tuyo no puede apartar los ojos de ti. Y es afortunado de tenerte, muy afortunado.

La llegada de su nieto los había convencido para volver a Gran Bretaña y pronto comprarían una casa en la costa de Dorset, cerca de la suya. Tara se alegraba porque podría verlos a menudo y, sobre todo, porque ya no pensaban aceptar más destinos fuera del país.

Se alegraba de que el hijo de Marc tuviese a sus abuelos en Dorset, pero también habría buenos recuerdos allí, en la villa de Cap Pierre, donde Marc había pasado su infancia con sus padres y sus amigos.

Los Neuberger, con el nieto de Hans en camino, pronto irían a pasar unos días, cuando sus padres volviesen a Inglaterra. Hans había expresado su alegría al verlos juntos de nuevo y ella sabía que lo decía de verdad.

Marc miró a su mujer y cuando ella le devolvió la mirada su corazón palpitó de felicidad.

¿Cómo podía quererla tanto? ¿Cómo era posible? El suyo era un amor eterno y haberlo encontrado lo convertía en el hombre más afortunado del mundo.

Su suegro se aclaró discretamente la garganta.

–Si no te importa, Marc –empezó a decir el comandante Mackenzie–. Nos gustaría salir a navegar un rato en tu barco. Se está levantando el viento y nos gustaría probar el *spinnaker*.

Él esbozó una sonrisa.

–Me parece una idea excelente.

El comandante y la comandante Mckenzie cruzaron el jardín para bajar al muelle, donde estaba atracado el barco.

–Podrías ir con ellos –sugirió Tara.

–No, en realidad estaba pensando en una actividad muy diferente. Cuando el joven Derenz decida dormir la siesta, claro.

Ella lo miró con un brillo travieso en los ojos.

–¿Y qué actividad sería esa, *monsieur* Derenz?

–Bueno, *madame* Derenz, estaba pensando que tal vez es hora de añadir una *mademoiselle* Derenz a la familia –respondió él, besando su mano.

–Me parece una idea excelente –dijo Tara–. Una gran familia… –añadió, suspirando–. Cuanto más grande, mejor.

Y Marc estaba completamente de acuerdo, con todo su corazón.

Bianca

**La seducción del jeque…
tuvo consecuencias para toda la vida**

EL HIJO INESPERADO DEL JEQUE

Carol Marinelli

Carol Marinelli
EL HIJO INESPERADO DEL JEQUE

Khalid, príncipe del desierto, nunca había perdido el control, excepto una vez: durante su ilícita noche de pasión con la cautivadora bailarina Aubrey. Aquella noche se llevó la gran sorpresa de que ella era virgen, pero ni siquiera ese descubrimiento pudo compararse a la conmoción que Aubrey le causó cuando, ya estando de vuelta en su reino, ¡le contó que había dado a luz a un hijo suyo!

Reclamar a su hijo era innegociable para el orgulloso príncipe, pero reclamar a Aubrey iba a ser un desafío mucho más delicioso…

Acepte 2 de nuestras mejores novelas de amor GRATIS

¡Y reciba un regalo sorpresa!

Oferta especial de tiempo limitado

Rellene el cupón y envíelo a

Harlequin Reader Service®
3010 Walden Ave.
P.O. Box 1867
Buffalo, N.Y. 14240-1867

¡Sí! Por favor, envíenme 2 novelas de amor de Harlequin (1 Bianca® y 1 Deseo®) gratis, más el regalo sorpresa. Luego remítanme 4 novelas nuevas todos los meses, las cuales recibiré mucho antes de que aparezcan en librerías, y factúrenme al bajo precio de $3,24 cada una, más $0,25 por envío e impuesto de ventas, si corresponde*. Este es el precio total, y es un ahorro de casi el 20% sobre el precio de portada. !Una oferta excelente! Entiendo que el hecho de aceptar estos libros y el regalo no me obliga en forma alguna a la compra de libros adicionales. Y también que puedo devolver cualquier envío y cancelar en cualquier momento. Aún si decido no comprar ningún otro libro de Harlequin, los 2 libros gratis y el regalo sorpresa son míos para siempre.

416 LBN DU7N

Nombre y apellido	(Por favor, letra de molde)	
Dirección	Apartamento No.	
Ciudad	Estado	Zona postal

Esta oferta se limita a un pedido por hogar y no está disponible para los subscriptores actuales de Deseo® y Bianca®.
*Los términos y precios quedan sujetos a cambios sin aviso previo.
Impuestos de ventas aplican en N.Y.

SPN-03   ©2003 Harlequin Enterprises Limited

DESEQ

Hicieron el amor toda la noche sin ataduras,
pero ¿les vencería la pasión?

El último escándalo
KIMBERLEY
TROUTTE

Chloe Harper tenía que convencer a Nicolas Medeiros, leyenda de la música pop brasileña y destacado productor musical, de que eligiera el *resort* de su familia para grabar allí su programa. Una noche con su ídolo de juventud la había arrastrado a un romance apasionado al que ninguno estaba dispuesto a renunciar. Pero los secretos familiares amenazaban con exponer su pasión a una realidad que podía distanciarlos.

Un Ferrara no debería acostarse nunca con una Baracchi aunque hubiera mucho en juego

UNA NOCHE CON EL ENEMIGO

Sarah Morgan

Para su frustración, Santo Ferrara nunca olvidó la noche que tuvo entre sus brazos a la ardiente Fia Baracchi. Cuando un acuerdo millonario les volvió a unir, mantener las distancias dejó de ser una opción.

Pero Fia estaba viviendo una mentira. Si se llegara a descubrir que su precioso hijo era el heredero de Santo, sería repudiada. El conflicto entre sus familias era legendario, pero su verdadero miedo era no poder olvidar los ardientes recuerdos de la única noche que pasó con su enemigo.

2